हिन्द पॉकेट बुक्स

महान राष्ट्र निर्माता
सरदार बल्लभभाई पटेल

ये बड़े-बड़ों की जीवनियां हैं, जिन्हें छोटों एवं किशोरों के लिए सजाया-संवारा गया है, ताकि इन्हें पढ़कर उनमें उनके जैसा बनने, ऊंचा उठने और दुनिया में बड़ा नाम कमाने की प्रेरणा जगा सके।

महान व्यक्तियों की ये जीवनियां बहुत आसान भाषा में और कहानियों की तरह रोचक ढंग से लिखी गई हैं। इसलिए इन्हें याद करने में भी बड़ी आसानी होगी।

सरदार पटेल ने देशी रियासतों का भारत में विलय करके अखण्ड भारत का निर्माण किया था। वे बर्फ से ढंके एक ज्वालामुखी थे। राष्ट्रीय एकता के बेजोड़ शिल्पी थे। वास्तव में वे भारतीय जनमानस अर्थात् किसान की आत्मा थे। भारत के स्वतंत्रता संग्राम में उनका महत्वपूर्ण योगदान है। उन्हें भारत का लौह पुरुष कहा जाता है। उन्हीं महापुरुष की जीवनी यहां दी गई है, ताकि नई पीढ़ी उनसे प्रेरणा लेकर दृढ़ इच्छाशक्ति वाली बन सके।

लेखिका मधु धामा की अन्य पुस्तकें

1. महान दार्शनिक डॉ. सर्वेपल्लि राधाकृष्णन्
2. महान स्वतंत्रता सेनानी लाला लाजपत राय
3. राष्ट्रपितामह स्वामी दयानंद सरस्वती
4. हमारे राष्ट्रपिता महात्मा गांधी
5. महान धरती पुत्र लाल बहादुर शास्त्री

सुरुचिपूर्ण एवं प्रेरक जीवनी

महान राष्ट्र निर्माता सरदार बल्लभभाई पटेल

मधु धामा

हिन्द पॉकेट बुक्स
पेंगुइन रैंडम हाउस इम्प्रिंट

हिन्द पॉकेट बुक्स

यूएसए | कनाडा | यूके | आयरलैंड | ऑस्ट्रेलिया | सिंगापुर
न्यू ज़ीलैंड | भारत | दक्षिण अफ्रीका | चीन

हिन्द पॉकेट बुक्स, पेंगुइन रैंडम हाउस ग्रुप ऑफ़ कम्पनीज़ का हिस्सा है,
जिसका पता global.penguinrandomhouse.com पर मिलेगा

पेंगुइन रैंडम हाउस इंडिया प्रा. लि.,
चौथी मंजिल, कैपिटल टावर -1, एम जी रोड,
गुड़गांव 122 002, हरियाणा, भारत

पेंगुइन
रैंडम हाउस
इंडिया

प्रथम हिन्दी संस्करण हिन्द पॉकेट बुक्स द्वारा 2014 में प्रकाशित
यह हिन्दी संस्करण हिन्द पॉकेट बुक्स में पेंगुइन रैंडम हाउस द्वारा 2022 में प्रकाशित

10 9 8 7 6 5 4 3 2

इस पुस्तक में व्यक्त विचार लेखक के अपने हैं, जिनका यथासंभव तथ्यात्मक
सत्यापन किया गया है, और इस संबंध में प्रकाशक एवं सहयोगी
प्रकाशक किसी भी रूप में उत्तरदायी नहीं हैं।

ISBN 9789353491147

मुद्रकः रेप्रो इंडिया लिमिटेड

www.penguin.co.in

FSC www.fsc.org MIX Paper from responsible sources FSC® C047271

This is a legitimate digitally printed version of the book and therefore might not
have certain extra finishing on the cover.

क्रम

सरदार पटेल का बचपन

बल्लभ भाई पटेल का जन्म 31 अक्तूबर, 1875 को गुजरात राज्य के नाडियाद नामक शहर में हुआ था। वह बचपन से ही बहुत साहसी एवं कठोर इच्छाशक्ति वाले व्यक्तित्व थे। उनके पिता का नाम झबेर भाई एवं माता का नाम लाड़बाई था। पिता झबेर भाई गुजरात राज्य के एक छोटे से गांव करमसाड में रहते थे। उनके पास खेती-बाड़ी के लिए थोड़ी सी ज़मीन थी। उसी से वह खूब मेहनत करके अपने परिवार की गुज़र-बसर करते थे। झबेर भाई देशभक्त थे। वह झांसी की रानी लक्ष्मीबाई की सेना में रहकर 1857 की क्रांति में भाग ले चुके थे। वह कहते थे, "रानी लक्ष्मीबाई जैसी वीर और देशभक्त महारानी न तो कभी पहले हुई और न बाद में ही।" वह रानी लक्ष्मीबाई को देवी का अवतार मानते थे और इसी कारण वह उनकी सेना में भरती हुए थे। रानी लक्ष्मीबाई के वीरगति प्राप्त होने के बाद वह बंदी बना लिए गए थे। जब उन्हें बंदी बनाया गया तो उन्होंने कहा, "तुम गोरे लोग सोचते हो कि हमें बंदीग्रह में डालकर निर्भय होकर शासन करोगे। ऐसा सोचना तुम्हारी भूल है, क्योंकि एक क्रांतिकारी भारतीय को कारागार में डालोगे तो देश में दस नये क्रांतिकारी पैदा होंगे।" उन्होंने कैद में अन्य साधारण कैदियों के अंदर भी जब देशभक्ति के भाव भरने शुरू कर दिये तो उन्हें बंदी गृह से छोड़ दिया गया। उसके बाद वह अपने

बच्चों को पहाड़े रटाते झबेर भाई

गांव करमसाड वापस आ गए एवं खेतों में मेहनत करके अपने परिवार का पालन-पोषण करने लगे। उनके चार बेटे एवं एक बेटी थी। बेटों के नाम नरसिह भाई, विट्ठल भाई, बल्लभ भाई एवं काशी थे, बेटी का नाम डाबीहा था।

झबेर भाई अपने सभी बच्चों को बचपन से ही सामान्य गणित एवं पहाड़े का अभ्यास कराते, साथ ही उनकी अपने बच्चों को सदा ईमानदार एवं निडर बने रहने की सीख उनके व्यक्तित्व के विकास में सहायक थी। बालक बल्लभ अपने जीवन के शुरुआती समय से ही मेहनती एवं लगनशील स्वभाव का था। वह अपने पिता के साथ खेतों में मन लगाकर काम करता था एवं उनका हाथ बंटाता।

बल्लभ बचपन में कहते थे, "हमें कठोर परिश्रम करने की आदत डालनी चाहिए, क्योंकि परिश्रम जितना ज़्यादा होगा उसका फल भी उतना ही मीठा होगा।"

एक दिन उसके पिता ने पूछा, "बल्लभ क्या तुम्हें नहीं लगता कि तुम ज़्यादा परिश्रम करते हो?"

बल्लभ भाई ने कहा, "मनुष्य के जीवन में तो कष्ट आते ही रहते हैं, परंतु वह व्यक्ति महान है, जो कष्ट सहकर भी किसी कष्ट का तनाव अपने मन पर हावी नहीं होने देता।"

कर्मठ, सहनशील और स्वावलम्बी बालक बल्लभ भाई जब थोड़े बड़े हुए तो पिता झबेर भाई ने उनका दाख़िला गांव से थोड़ी दूर स्थित एक प्राइमरी स्कूल में करा दिया। स्कूल में उन्हें गणित व गुजराती भाषा की शिक्षा दी जाती थी। माध्यमिक शिक्षा खत्म करने के बाद बल्लभ ने अपने बड़े भाई विट्ठल भाई की तरह ही अंग्रेज़ी पढ़ने की इच्छा ज़ाहिर की। पर समस्या यह थी कि गांव में कोई अंग्रेज़ी स्कूल नहीं था, इसलिए बल्लभ भाई को पास के शहर में स्थित स्कूल में इस उद्देश्य की प्राप्ति के लिए दाख़िल करा दिया गया।

रास्ते से पत्थर हटाते
हुए बालक पटेल

अंग्रेज़ी पढ़ने वाले विद्यार्थी नित्य 9-10 किलोमीटर पैदल उस शहर में जाते थे। गर्मियों में स्कूल सुबह सात बजे लगता था, इसलिए सूर्योदय से पहले ही घर से निकलकर खेतों से होकर जाना पड़ता था। एक खेत की मेड़ पर लगे एक पत्थर से अक्सर किसी-न-किसी को ठोकर लग जाती थी।

एक दिन उस सीमा को पार करने के बाद साथियों ने देखा कि उनमें से एक कम है। "बल्लभ भाई पीछे छूट गये हैं।" किसी ने कहा, "लगता है वह खेत की मेड़ पर किसी चीज़ से जोर आज़माईश कर रहे हैं।" दूसरे साथी ने आवाज़ दी, "तुम पीछे क्या रहे हो? स्कूल को देर हो रही है।"

वह बोले थे, "ठहरो, मैं अभी आता हूं।"

थोड़ी देर में उस गड़े हुए पत्थर को हटाकर वह उनसे जा मिले और सहज भाव से बोले, "रास्ते में इस पत्थर से अंधेरे में न जाने कितनों के पैरों में चोट आयी होगी। आते-जाते चोट लगे और रुकावट पड़े, ऐसी चीज़ को हटा देना ही उचित होता है।"

शुरू से ही बल्लभ में जन कल्याण, अगुवाई एवं संगठन के गुण दिखाई देने लगे थे। एक बार उनके पैर में एक फोड़ा निकल आया था। जब फोड़ा काफ़ी बढ़ गया, तो वैद्य ने उसे फोड़ने की सलाह दी। एक लोहे की सरिया गर्म करवाई गई, लेकिन वैद्य यह सोचकर कि यह बच्चा किस प्रकार दर्द सहन कर पाएगा, फोड़ा दागने का साहस नहीं कर सके। अचानक ही बल्लभ भाई ने गर्म सरिया उठाई और खुद ही फोड़ा फोड़ डाला। उनके मुख से उफ़ तक नहीं निकला। बल्लभ ने अपने अद्‍भुत साहस एवं मज़बूत इच्छाशक्ति का परिचय दे दिया था।

उनकी शिक्षा के दौरान कई बार उनकी झड़पें उनके ऐसे अध्यापकों से हुई थीं, जो उन्हें दूसरे बच्चों के साथ या खुद उनके साथ अन्याय करते प्रतीत हुए। बचपन से ही वह जो भी काम करते, तो पूर्णतया

पिता से शंका समाधान

उसमें डूब जाते थे और पूरा करके ही दम लेते थे। अन्याय, अत्याचार एवं शोषण के ख़िलाफ़ वह ज़ोरदार आवाज़ उठाते थे।

"हम लोग जितना भी दबेंगे, हम पर उतना ही अधिक अत्याचार किया जाएगा।"

किसी ने पूछा, "मगर हम पर अत्याचार हो क्या रहा है?"

"क्या तुम नहीं जानते?"

"नहीं मैं तो नहीं जानता?"

"हम लोगों के ऊपर अंग्रेज़ शासन करते हैं, इससे बड़ा और अत्याचार भला क्या होगा?"

जो बालक मात्र विदेशी शासन को ही अत्याचार की श्रेणी में रखता था, वह अंग्रेज़ी शासकों के अत्याचारों को भला किस श्रेणी में रखता होगा, इसका अंदाजा आप स्वयं लगा सकते हो। यही बालक बल्लभ आगे चलकर भारतीय इतिहास में एक चमकदार सितारा बनकर छा गया और वह लौह पुरुष सरदार बल्लभ भाई पटेल के नाम से प्रसिद्ध हुआ। कुर्मी (क्षत्रिय) परिवार का यह बच्चा भारत के लिए एक वरदान साबित हुआ। बल्लभ भाई ने पूरे जीवन राष्ट्र की भलाई के लिए काम किया और अपना पूरा जीवन राष्ट्र को समर्पित कर दिया था। वह भारतीय इतिहास के एक ऐसे सम्मानित नक्षत्र के रूप में अवतरित हुए, जिसकी प्रसिद्धि हमेशा बनी रहेगी।

बल्लभ भाई की आयु अभी अठारह साल की ही थी, जब कि उनका विवाह पास के गांव की ही एक लड़की से कर दिया गया। उनका नाम झबेरबा था।

उन्होंने अपनी पत्नी से कहा, "अब तो पढ़ाई-लिखाई छोड़कर कोई काम-धंधा कर लेना चाहिए।"

"क्यों?"

"तुम जो आ गयी," उन्होंने अपनी पत्नी से कहा, "खर्च बढ़ गया

किशोर पटेल अपनी पत्नी के साथ

है। घरवालों पर अब तक तो मैं ही बोझ था, अब तुम भी आ गयी हो?"

"क्या तुम मुझे बोझ समझते हो?"

"नहीं मेरा कहने का यह मतलब नहीं था?"

"तो क्या मतलब था तुम्हारा?"

"यही कि अपनी पत्नी का खर्च पति को ही उठाना चाहिए।"

"आपके विचार अति उत्तम हैं, लेकिन मैं चाहती हूं कि तुम पढ़कर सरकार में बड़े अफ़सर बनो।"

"धत् तेरे की!"

"क्यों?," पत्नी ने कहा, "क्या बड़ा अफ़सर बनना हर किसी का सपना नहीं होता।"

"होता होगा," बल्लभ भाई ने कहा, "लेकिन मेरा सपना तो कोई और ही है?"

"क्या सपना है तुम्हारा?"

"अफ़सर बनना तो है, मगर सरकार के अधीन नहीं।"

"फिर कैसा अफ़सर बनना चाहते हो?"

"गरीब और पीड़ितों का अफ़सर।"

"मतलब?"

"मेरा हृदय तो अधिवक्ता बनने को कहता है?"

"यह भी ठीक है," पत्नी ने कहा, "डॉक्टर, वकील और मास्टरों की तो इस जग में इज़्ज़त सबसे ज़्यादा है।"

उनकी पत्नी अपने मायके चली गयी, ताकि बल्लभ की पढ़ाई में अड़चन पैदा न हो।

बल्लभ भाई के पिता के पास धन की कोई कमी न थी, फिर भी पढ़ाई जारी रखने के लिए उन्होंने खुद धन कमाना शुरू किया। जब उन्होंने अनुभव किया कि अब वे काफ़ी धन कमाने लगे हैं, तब वे

अपनी पत्नी झबेरबा को बोरसाड ले आए। जब 1897 में बल्लभ भाई ने मैट्रिक की परीक्षा पास की थी, तब वह बाईस साल के थे। पढ़ाई के अलावा उनके कंधों पर परिवार की ज़िम्मेदारी भी थी। अप्रैल, 1903 में उनके घर एक बेटी ने जन्म लिया। उसका नाम मणिबेन रखा गया। दो साल बाद ही उनका घर बेटे की किलकारियों से गूंज उठा। उसका नाम डाहया भाई रखा।

इधर बल्लभ भाई के मन में एक इच्छा बलवती होती जा रही थी। वे इंग्लैंड जाकर वकालत पढ़कर एक बड़े वकील बनना चाहते थे, पर उनके पास धन की कमी थी, जिसके कारण उन्हें अपना सपना अधूरा ही दिखता था। बल्लभ भाई ने हिम्मत नहीं हारी। सबसे पहले तो वह पुस्तकें उधार लेकर पढ़ने लगे और दूसरी तरफ़ बहुत मेहनत करके उन्होंने जिला अदालत की परीक्षा पास कर ली। इंग्लैंड जाने के लिए उन्हें बारह हजार रुपयों की ज़रूरत थी, इसलिए वह पूरी लगन से मुक़दमे लड़ने लगे। अब उनकी पसंद आपराधिक मुक़दमों में भी रहने लगी। इस सबके पीछे उनका उद्देश्य इंग्लैंड जाने के लिए ज़रूरी धन इकट्ठा करना था। वह अपना काम पूरी लगन एवं ईमानदारी से करते थे। लोग उनकी न्यायप्रियता से प्रभावित थे। शीघ्र ही उन्होंने बारह हजार रुपए इकट्ठे कर लिए एवं एक टिकट एजेंट के पास टिकट लेने गए और इंग्लैंड से अपने लिए बुलावे का इंतज़ार करने लगे।

कुछ समय बाद बुलावा आया, लेकिन पत्र पर वी. पटेल का नाम लिखा था एवं पत्र विट्ठल भाई पटेल को मिला था। बल्लभ भाई ने बड़े भाई को अपनी इच्छा एवं योजना के बारे में बताया, लेकिन बड़े भाई की इच्छा का सम्मान करते हुए उन्हें इंग्लैंड जाने दिया। यद्यपि बल्लभ भाई तब इंग्लैंड नहीं पहुंच पाए थे, पर इस घटना ने उनके सज्जन एवं त्यागशील होने का प्रमाण दे दिया था। शायद तभी तो उन्होंने अपना

सारा जीवन राष्ट्र के लिए समर्पित कर दिया था। फ़िलहाल बल्लभ भाई भारत में ही पूरे मन से वकालत करने लगे। उनकी प्रसिद्धि दिन-पर-दिन बढ़ती जा रही थी।

इधर उनकी पत्नी का स्वास्थ्य अच्छा नहीं रहा। सन् 1908 में झबेरबा के ट्यूमर का ऑपरेशन होना था। जिस समय झबेरबा मृत्यु से आंख-मिचौली खेल रही थीं, बल्लभ भाई ने उस समय भी, पत्नी के स्वास्थ्य की चिंता के बावजूद वकालत का काम जारी रखा। एक दिन जब वह अदालत में एक मुक़दमे की पैरवी कर रहे थे, तो उन्हें एक व्यक्ति ने आकर लिखित संदेश दिया। उसे पढ़ने के बाद बल्लभ ने संदेश वापस ज़ेब में रख लिया एवं ज़िरह में व्यस्त हो गए। उनके चेहरे पर कोई शिकन न थी। वह चुपचाप अपने काम में लगे रहे, जैसे कि कुछ हुआ ही न हो, लेकिन जब अदालत की कार्यवाही समाप्त हुई, तो वह अपनी भावनाओं पर क़ाबू न रख सके और निराशा में एक कुर्सी पर बैठ गए। दरअसल उस संदेश में उनकी उनतीस वर्षीया पत्नी झबेरबा की मृत्यु का समाचार था। ऐसे कर्तव्यपरायण थे सरदार बल्लभ भाई पटेल, जिन्हें बाद में लौह पुरुष की उपाधि भी दी गई।

फ़िलहाल 1908 में पत्नी की मृत्यु के दो साल बाद 1910 में बल्लभ भाई का सालों पुराना स्वप्न एक वास्तविकता में बदल गया जब कि जुलाई, 1910 में उन्हें इंग्लैंड जाने का सुअवसर प्राप्त हुआ। उन्होंने मिडल टैंपल में वकालत की पढ़ाई पूरे परिश्रम से की। उनका अधिकांश समय पुस्तकालय में बीतता था। उन्हें इसकी परीक्षा पास करने में एक साल दस महीनों का समय लगा और उन्होंने पहला स्थान प्राप्त किया था।

किसानों का मसीहा

सन् 1913 में बल्लभ भाई पटेल भारत वापस आ गए और वापस आकर अहमदाबाद में उन्होंने अपनी वकालत का काम शुरू कर किया। यद्यपि उन्होंने बहुत जल्दी ही काफ़ी प्रसिद्धि एवं धन कमा लिया था, लेकिन वे घर-परिवार के साथ-साथ देश के लिए भी कुछ करना चाहते थे, अतः वे सामाजिक कामों में रुचि लेने लगे। सन् 1917 में अहमदाबाद की नगरपालिका के चुनाव में बल्लभ भाई विजयी घोषित किए गए और उन्हें सैनिटरी समिति का अध्यक्ष मनोनीत किया गया। नगर की साफ़-सफ़ाई की ज़िम्मेदारी उन्हीं के कंधों पर थी। एक बार दुर्भाग्यवश नगर में प्लेग महामारी फैल गई, पर ऐसी स्थिति में उन्होंने बहुत सावधानी से काम करते हुए अपनी ज़िम्मेदारी को ठीक ढंग से निभाया और शहर को जल्दी ही महामारी से मुक्त कराया।

गांधी जी से पटेल की पहली मुलाक़ात 1917 में ही गोधरा में हुई। उस समय गांधी जी गुजरात सभा की एक बैठक की अध्यक्षता कर रहे थे। पटेल जी स्वतंत्रता के संबंध में गांधी जी के विचारों से बहुत प्रभावित हुए और उनके साथ काम करने को तैयार हो गए। उस दिन पटेल जी ने गांधी को भोजन करने का निमंत्रण दिया।

निमंत्रण के फलस्वरूप ही गांधी जी सरदार पटेल और कुमारप्पा के साथ भोजन करने बैठे। गांधी जी उन दिनों नीम की चटनी का

नेताजी सुभाष व गांधी जी के साथ पटेल

नियमित प्रयोग करते थे। खाते-पीते उन्होंने सहज स्नेह और वात्सल्य के वशीभूत हो एक चम्मच नीम की चटनी श्री कुमारप्पा की थाली में डाल दी। बगल में बैठे सरदार पटेल यह देख रहे थे। वे इस सुअवसर का लाभ उठाने से क्यों चूकते, गम्भीर होते हुए कुमारप्पा से बोले, "आपने देखा? बापू अभी तक तो बकरी का दूध ही पीते थे, पर अब तो बकरी का चारा भी खाने लगे।"

उसी समय बिहार में चंपारण आंदोलन चल रहा था। बिहार

में अंग्रेज़ नील की खेती करने वाले किसानों के साथ बहुत ख़राब व्यवहार करते थे। गांधी जी इस जगह का दौरा करने पहुंचे, उसी समय अंग्रेज़ जिला अधीक्षक ने उन्हें जिला छोड़ने का आदेश दिया, पर गांधी जी ने ऐसा करने से स्पष्ट इनकार कर दिया। पटेल जी इस घटना से गांधी जी से बहुत प्रभावित हुए। इधर महात्मा गांधी चंपारण आंदोलन में व्यस्त थे, तो इधर बल्लभ भाई ने देखा कि आस-पास के गांवों में बेगारी प्रथा का बोलबाला है। उन्होंने इस प्रथा को हटाने का पक्का इरादा कर लिया और इस आशय का उन्होंने कमिश्नर को एक पत्र दिया। पटेल की धाक की वजह से कमिश्नर को उनकी बात माननी पड़ी और उसने बेगारी को क़ानून के विरुद्ध घोषित किया। पटेल जी की इस सफलता से गांधी जी बहुत प्रभावित हुए। परिणामस्वरूप दोनों नेताओं में घनिष्ठता बढ़ती चली गई।

उन दिनों खेड़ा नामक गांव के किसानों के साथ सरकार अन्यायपूर्ण तरीक़े से लगान वसूल रही थी, जबकि ख़राब मौसम के चलते वहां के किसानों की फसल बेकार हो गई थी। अतः किसान लगान न देने के लिए मज़बूर थे। गांधी जी ने इसके ख़िलाफ़ सत्याग्रह आंदोलन छेड़ने का व्रत लिया। बल्लभ भाई भी उस समय खेड़ा में ही थे, अतः वह भी इस आंदोलन में कूद पड़े। उन्होंने गांव-गांव में घूमकर किसानों को इकट्ठा किया एवं उनसे कहा कि आप सरकार से स्पष्ट कह दीजिए कि हम लगान नहीं दे पाएंगे। बल्लभ भाई के कुशल अगुवाई के चलते किसानों ने ऐसा ही किया। इससे सरकार आग बबूला हो गई और सरकार ने किसानों को सबक सिखाने की दमनकारी नीति अपनाई एवं उनके घरों से सामान जब्त करना शुरू कर दिया। इस स्थिति में पहले तो किसान घबरा गए, पर बाद में बल्लभ भाई की अगुवाई में वे सरकार के विरोध में खड़े हो गए। आखिर में सत्य की जीत हुई एवं

पटेल जी की मेहनत सफल हुई। अंग्रेज़ सरकार ने लगान वसूलने का अभियान रोक दिया। इस घटना से पटेल जी रातोंरात कुशल अगुवाई करने वाले नेता के रूप में प्रसिद्ध हुए। उनकी देशभर में एक विशिष्ट पहचान बन गयी। देशभर के राष्ट्रीय कार्यक्रमों में उन्हें भाग लेने के लिए आमंत्रित किया जाने लगा। गांधी जी और नेहरू जी के भाषण जहां भी होते थे, लोग चाहते थे कि उनसे पहले वे किसानों के मसीहा सरदार पटेल का भाषण सुनें और लोगों की इसी चाहत को देखते हुए उन्हें देशभर में आमंत्रित किया जाने लगा। उनकी लोकप्रियता को देखते हुए आंग्ल ही नहीं देशभर के देशी रजवाड़ों के राजा भी उन्हें मान-सम्मान देने लगे थे।

जंग-ए-आज़ादी का सिपाही

सन् 1919 में अंग्रेज़ सरकार ने एक एक्ट बनाया, जिसके अनुसार सरकार बिना किसी मुक़दमे के किसी भी व्यक्ति को, जो सरकार का विरोध करे, क़ैद कर सकती थी। इसे रौलेट एक्ट के नाम से जाना गया। रौलेट एक्ट के ख़िलाफ़, गांधी जी और पटेल जी की अगुवाई में देशवासियों ने कमर कस ली। पूरे देश में इसके ख़िलाफ़ हड़तालों का आयोजन हुआ। पटेल जी अहमदाबाद की हड़ताल की अगुवाई कर रहे थे। इसकी सफलता से भयभीत होकर अंग्रेज़ सरकार ने सांप्रदायिक दंगे करा दिए। दंगों ने दिल्ली को हिलाकर रख दिया। गांधी जी ने तब दिल्ली आना चाहा, लेकिन उन्हें दिल्ली नहीं आने दिया गया और रास्ते में ही पकड़ करके जेल में डाल दिया गया। अहमदाबाद में भी दंगे होने लगे। पटेल जी दंगों को रोकने के लिए आगे आना चाहते थे, लेकिन पुलिस ने उनके घर को चारों तरफ़ से घेर लिया।

रौलेट एक्ट के ख़िलाफ़ 13 अप्रैल, 1919 को अमृतसर स्थित जलियांवाला बाग में सभा हो रही थी। तभी दुष्ट जनरल डायर ने बेकसूर जनता पर गोलियां चलाने का आदेश दे दिया। इसमें हज़ारों बेकसूर नर-नारी मारे गए। इस घटना की पूरी दुनिया में आलोचना हुई और यह दिन भारत के इतिहास में काला दिन बनकर रह गया। इस घटना से पूरे देश में क्रोध फैल गया।

इधर अपनी विचारधारा को जन-जन तक पहुंचाने के लिए बल्लभ

भाई ने सत्याग्रह नामक पत्रिका का श्रीगणेश किया। उस समय दिल्ली में तो दंगे हो ही रहे थे, और उनका असर अहमदाबाद में भी ख़ूब हो रहा था। सरकार ने बल्लभ भाई को काम न करने देने के लिए उनके घर पर पहरा बैठा दिया, पुलिस वाले उन्हें लगातार परेशान करते रहे, पर वह अपनी गतिविधियों में पहले की भांति लगे रहे।

गुजरात राजनीतिक परिषद का सालाना अधिवेशन नाडियाड में हुआ था। इस सम्मेलन में पटेल जी ने अपने विचार रखे, "हमें राष्ट्र की स्वतंत्रता के लिए अंग्रेज़ सरकार से असहयोग करना चाहिए, क्योंकि कोई भी सरकार स्थानीय जनता के सहयोग के बिना प्रशासन को सही ढंग से नहीं चला सकती। अतः सरकार से निपटने का यही सही मार्ग है।" बल्लभ भाई के इस प्रस्ताव का लोगों ने खुले दिल से समर्थन किया। इसी अधिवेशन में गुजरात विद्यापीठ की स्थापना के बारे में तय किया गया।

कलकत्ता में कांग्रेस की सभा हुई थी। लाला लाजपत राय सभा के सभापति थे। उन्होंने भी अंग्रेज़ सरकार की दमनकारी नीतियों के विरोध में जनता से सरकार का असहयोग करने के लिए अपील की। उन्होंने लोगों को नौकरी, स्कूल, दफ़्तर, अदालत एवं दूसरे सभी क्षेत्रों के कर्मचारियों से नौकरी छोड़ते हुए असहयोग की वकालत की। अपने देश की वस्तुएं अपनाने पर बल दिया। बल्लभ भाई भी असहयोग आंदोलन के पक्ष में थे, अतः ऐसी स्थिति में खुद एक आदर्श बनते हुए वकालत उन्होंने छोड़ दी। अब वे पूर्ण रूप से आज़ादी के आंदोलन में संलग्न हुए। इतना ही नहीं, उन्होंने अपने बच्चों को भी स्कूल भेजना बंद कर दिया। अपने देश के उद्योगों को बढ़ावा देते हुए उनका पूरा परिवार ही खादी के कपड़ों का उपयोग करने लगा।

इन सभी घटनाओं का असर लोगों पर तेज़ी से पड़ रहा था। अहमदाबाद की नगर निगम ने अपने स्कूलों का संबंध सरकार से तोड़

लिया और इसके लिए प्रेरणा का काम पटेल जी ने किया था। परिणामस्वरूप सरकार से उनका ज़बर्दस्त टकराव हुआ। आख़िर में मामला अदालत में पहुंचा, क्योंकि सरकार ने इस क़दम के ख़िलाफ़ दमनकारी नीतियां अपनानी चाही, पर अंततः बल्लभ भाई की कार्य-कुशलता एवं हिम्मत के चलते सरकार को मुंह की खानी पड़ी।

सरदार पटेल बारडोली के कारण राष्ट्रीय नेता बने। बारडोली ताल्लुका गुजरात के सूरत ज़िले में स्थित है। बारडोली पर अंग्रेज़ सरकार की ख़राब नज़र रहती थी एवं इसका प्रमुख कारण वहां की ज़मीन का अत्यधिक उपजाऊ होना था। सरकार को वहां के किसानों से लगान के रूप में भारी-भरकम रक़म मिलती थी, लेकिन सरकार को बारडोली के किसानों की ख़ुशहाली अच्छी नहीं लग रही थी, अतः सरकार ने किसानों का लगान बढ़ा दिया। अब किसानों को तीस प्रतिशत अधिक कर लगान के रूप में जमा करना था। इस तरह की घोषणा सुनकर किसान इस अन्याय से बौखला उठे। गांधी जी, बल्लभ भाई पटेल के पूरे सहयोग सहित इस निर्णय के विरोध में खड़े हो गए।

गांधी जी 1 फ़रवरी, 1922 को करबंदी आंदोलन की शुरुआत करना चाहते थे। गांधी जी ने किसानों से कहा, "आप अधिक लगान देने से स्पष्ट इनकार कर दीजिए।" बल्लभ भाई ने भी इस आंदोलन में ज़ोर-शोर से भाग लिया। वह जगह-जगह गए, किसानों को संगठित करने लगे। तभी अचानक 8 फ़रवरी, 1922 को चौराचौरी कांड हो गया, जिसमें बहुत अधिक हिंसा हुई। प्रदर्शनकारियों का एक छोटा-सा दल अंग्रेज़ों का विरोध करता हुआ एक गली से गुज़र रहा था। कुछ पुलिसवालों ने उन्हें रोकना चाहा। इससे हिंसक भीड़ बेकाबू हो गई और उन्होंने बाईस पुलिसकर्मियों की हत्या कर दी। गांधी जी ऐसी हिंसा को देखकर घबरा उठे। आख़िर में उन्होंने असहयोग आंदोलन वापस लेने की घोषणा कर दी। ब्रिटिश सरकार ने इस घटना को आधार बनाकर

गांधी जी को गिरफ़्तार कर लिया। अब आंदोलन की पूरी ज़िम्मेदारी बल्लभ जी के कंधों पर आ पड़ी।

बल्लभ भाई पटेल ने किसानों को संगठित करना शुरू कर दिया। आखिर में उनकी अगुवाई में किसानों ने बढ़े हुए कर देने से इनकार कर दिया। अब ब्रिटिश सरकार ने एक नोटिस जारी किया कि जो लोग बढ़े हुए कर को नहीं देंगे उन्हें भारी जुर्माना देना पड़ेगा तथा उनकी ज़मीन, पशु एवं घर ज़ब्त कर लिए जाएंगे। इस घोषणा ने किसानों में भय की लहर दौड़ा दी, लेकिन बल्लभ भाई ने हिम्मत नहीं हारी और उन्होंने किसानों को समझाते हुए कहा, "आप सभी धीरज से काम लें, साहस बनाए रखें। अंग्रेज़ कुछ भी कर लें, लेकिन हमारे खेतों को अपने साथ इंग्लैंड नहीं ले जा सकते, जिस प्रकार एक पागल हाथी छोटे जानवरों को कुचलने में विश्वास रखता है और शक्ति के घमंड के चलते अपनी सबसे छोटी विरोधी चींटी को अनदेखा कर देता है, पर वह नहीं जानता है कि यदि यही चींटी उसकी सूंड़ में घुस जाए तो क्या होगा?"

इस प्रकार बल्लभ भाई के समझाने-बुझाने पर किसान सरकार को लगान नहीं देने के लिए तैयार हो गए और खुद उन्होंने ब्रिटिश सरकार को इस आशय से सूचित किया।

कुर्की और अन्य अत्याचार करने वाले सरकारी अधिकारियों के आगमन की सूचना देने के लिए प्रत्येक गांव में ढोल नगाड़ों का प्रबंध किया था। उनकी ध्वनि होते ही पुरुष गांव छोड़ जाते, स्त्रियां घरों में रहतीं। चारों ओर सुनसान हो जाता। एक दिन बालोड़ में बल्लभ भाई पटेल भाषण दे रहे थे। अचानक कुर्क की हुई भैंसों ने थाने में रेंकना प्रारम्भ कर दिया।

बल्लभ भाई ने झट कहा, "सुनो, ये भैंसे क्या कहती हैं? रिपोर्टर लिख लें कि बालोड़ के थाने में भैंसे भी अंग्रेज़ी राज्य को कोस रही हैं।"

इस पर बल्लभ भाई पटेल आंदोलन की सफलता के लिए जी-जान से जुट गए। इसके लिए उन्होंने आस-पास के गांवों में आश्रम बनाए। आठ छावनियां बनाईं। पांच प्रमुख केंद्र बनाए एवं प्रत्येक केंद्र की देखभाल के लिए अलग-अलग मुखिया बनाए। इस प्रकार उन्होंने अंग्रेज़ सरकार की दमनकारी नीति के विरुद्ध एक मज़बूत मोर्चा तैयार किया, किसी भी क़ीमत पर वह आंदोलन को सफल होते देखना चाहते थे। उन्होंने अफ़वाहों से बचने के लिए एक प्रकाशन विभाग भी बनाया। यह विभाग बल्लभ भाई द्वारा किए गए कामों की पूरी जानकारी आंदोलनकारियों तक पहुंचाता था। उन्होंने सभी किसानों की तरफ़ से एक मांग-पत्र तैयार किया। धीरे-धीरे किसानों ने मांग-पत्र पर हस्ताक्षर करना शुरू कर दिया। कुछ किसान अंगूठे लगाते और मांग-पत्र एक गांव से दूसरे गांव में जाने लगा। वहां के किसान भी उस पर हस्ताक्षर करते या अंगूठा लगाते थे। जब सरकार को इस बारे में पता लगा तो उसने कुछ किसानों को लालच देकर अपनी तरफ़ मिलाने का प्रयास करते हुए किसानों में फूट डालने की कोशिश की, लेकिन बल्लभ भाई पहले से ही होशियार थे और उन्होंने सभी किसानों को अंग्रेज़ों की कूटनीति की चेतावनी दे दी। सरकार ने किसानों पर लगान चुकाने के लिए बार-बार दबाव डाला, पर किसानों ने अन्यायपूर्ण तरीक़े से बढ़े हुए लगान को जमा नहीं किया और लगान जमा करने का समय निकलने के बाद भी सरकार के हाथ कुछ नहीं लगा।

अब सरकार ने किसानों पर अत्याचार करना शुरू कर दिया। किसान घबरा गए, लेकिन बल्लभ भाई कुशल अगुवाई एवं प्रेरणा के चलते किसानों ने सत्याग्रह के बल पर अंग्रेज़ों से लोहा लेना जारी रखा। महिलाएं तक इस आंदोलन में कूद पड़ीं। पूरा गुजरात बल्लभ भाई को अपना नेता मानने लगा था। जगह-जगह से उन्हें जब किसानों की एकजुटता के समाचार मिलते तो वह पहले से भी कहीं अधिक उत्साह

बापू के साथ पटेल

से आंदोलन की सफलता के लिए प्रयास करते। वह किसानों का हौसला बढ़ाते हुए कहते, “सरकार साम, दाम, दंड, भेद के सहारे किसी भी तरह इस आंदोलन को तोड़ना चाहती है, पर मुझे आप सभी पर पूरा विश्वास है कि आप धीरज बनाए रखते हुए अंग्रेज़ों की कूटनीति को सफल नहीं होने दंगे।”

बल्लभ भाई के इन शब्दों का जनता पर बहुत बड़ा असर पड़ा और लोगों ने आकाश को गुंजा देने वाले नारों से उनकी बातों का समर्थन किया। जनता में बल्लभ भाई की मांगों को सुनकर ख़ुशी की लहर दौड़ गई, परंतु सरकार ने संगठन को तोड़ने के लिए भरपूर प्रयास किए, इससे पूरे देश में उसकी कड़ी आलोचना हुई और अपने सभी प्रयासों के बावजूद सरकार अपने उद्देश्यों में कामयाब नहीं हो सकी। थक-हारकर सरकार ने अपना हठ छोड़ दिया और सत्याग्रहियों की सभी मांगें मान लीं। यह ख़बर सारे देश में फैल गई एवं सभी लोग झूम उठे। जगह-जगह बल्लभ भाई की प्रशंसा होने लगी। अब लोग उन्हें

सरदार (मुखिया) के उपनाम से जानने लगे। यह नाम बल्लभ भाई को आंदोलन के दौरान महात्मा गांधी ने दिया था और बल्लभ भाई ने भी अपनी काम की क्षमता एवं कुशल अगुवाई द्वारा इस शब्द को सार्थक सिद्ध कर दिया था। वह आंदोलन में शारीरिक हिंसा की इज़ाज़त नहीं देते थे। वह कहते थे, "हम बिना अस्त्र-शस्त्र के शांति से सरकार के विरुद्ध जितनी लड़ाई लड़ सकते हैं, उतने उतावले एवं क्रोधी बनकर नहीं। हम शांति से अपनी बात सरकार के सामने अच्छी प्रकार रख सकते हैं।" शायद यही कारण रहा कि उन्होंने कई आंदोलन अद्‌भुत योग्यता से सफलतापूर्वक चलाए और अंग्रेज़ सरकार को कई बार उनकी रणनीतियों के सम्मुख घुटने टेकने पड़े। बल्लभ भाई का परिवार खेती से जुड़ा था। अतः वह खेतिहरों-मज़दूरों आदि की परेशानियों को भली प्रकार समझते थे, इसलिए उनमें सभी प्रकार की समस्याओं को सुलझाने की अद्‌भुत क्षमता थी, खुद उनका बचपन जीवन-संघर्ष की अविचल बुनियाद पर खड़ा हुआ था। वह केवल तोड़-फोड़ के पक्षधर नहीं थे, बल्कि वह संरचनात्मक एवं विकासात्मक कार्यक्रमों द्वारा वहां की बहुसंख्यक जनता को एकजुट करना चाहते थे और उन्होंने कई बार ऐसा किया भी। फ़िलहाल बारडोली सत्याग्रह की सफलता ने उन्हें देश के पहली कतार के नेताओं के मध्य खड़ा कर दिया।

बल्लभ भाई लगातार देश की भलाई के लिए काम कर रहे थे। उनके चरित्र की सबसे महत्त्वपूर्ण विशेषताओं में उनकी कठोर इच्छा-शक्ति, लगनपूर्वक जी-तोड़ मेहनत करने की क्षमता एवं दूरदर्शिता प्रमुख थी। वह थोड़े संकोची स्वभाव के भी थे। एक बार दिसंबर, 1923 में कांग्रेस के अधिवेशन में भाग लेने के लिए जब वह वहां पहुंचे, तो जनता उन्हें देखने के लिए टूट पड़ी, पर बल्लभ भाई संकोचवश मंच पर भी आना नहीं चाहते थे, लेकिन नेताओं ने किसी प्रकार उन्हें मंच पर ला खड़ा किया। लोगों ने जयघोष से उनका स्वागत किया। वह जनता के प्यार

एवं स्नेह को देखकर भाव विभोर हो उठे और जनता को धन्यवाद देकर बैठ गए। लाहौर में हुए कांग्रेस के इस अधिवेशन में पूर्ण स्वतंत्रता आंदोलन को चलाने का निश्चय किया गया। सभी नेताओं ने मिलकर भविष्य के लिए अपनी कार्ययोजना तैयार की।

मार्च, 1930 को गांधीजी ने देशवासियों को संगठित करने के लिए नमक को सांकेतिक लक्ष्य बनाकर नमक सत्याग्रह आंदोलन छेड़ने की घोषणा की। इससे अंग्रेज़ सरकार आने वाले ख़तरों को भांप गई और उसने अपने आला अधिकारियों को इस आशय से सूचित कर दिया। बल्लभ भाई पटेल भी आंदोलन के लिए कमर कस चुके थे। उन्होंने रास गांव में एक बहुत बड़े आदमियों के समूह के सामने भाषण देने का विचार बनाया। अंग्रेज़ सरकार यह बात अच्छी तरह से जानती थी कि बल्लभ भाई जनता के बीच लोकप्रिय ही नहीं हैं, बल्कि उनके शब्दों में इतनी ताक़त है कि वह कितने भी बड़े आदमियों के समूह को उत्साहित कर सकते हैं। जब बल्लभ भाई सभा को संबोधित करने ही वाले थे कि तभी जिलाधिकारी ने आकर उन्हें एक पर्ची दी, जिस पर लिखा हुआ था कि आप इस सभा में आगे नहीं बोल सकते। पटेल जी यह चेतावनी पढ़कर गुस्सा होकर बोले, "अगर मैं अपना भाषण शुरू कर दूं तो आप क्या करेंगे?" अधिकारी ने तेज़ शब्दों में जवाब दिया, "हम तब आपको गिरफ़्तार करेंगे।"

इतना सुनते ही बल्लभ भाई ने एकदम से बोलना शुरू कर दिया और उस अधिकारी ने आखिर में उन्हें गिरफ़्तार कर लिया। पुलिस उन्हें जीप में डालकर ले गई और जाते-जाते बल्लभ भाई ने सभा से हंसते हुए विदा ली। उन्हें कारावास की सज़ा सुनाकर साबरमती जेल भेज दिया गया। यह बल्लभ भाई की पहली जेल-यात्रा थी। इस प्रकार बल्लभ भाई को भाषण देने का अवसर भी नहीं दिया गया। उनकी गिरफ़्तारी के बारे में सुनकर अहमदाबाद के हज़ारों लोगों ने नमक सत्याग्रह के

लिए मर-मिटने की प्रतिज्ञा कर ली थी। फ़िलहाल 12 मार्च, 1930 को गांधी जी अपने असंख्य अनुयायियों के साथ नमक सत्याग्रह के लिए चल दिए। उन्हें डांडी पहुंचना था। वह लगातार बढ़ते गए। गांधी जी के आह्वान, पटेल जी की गिरफ़्तारी एवं देश के हालातों के मद्देनज़र बहुत लोगों ने अपनी नौकरियां छोड़ दीं, वकीलों ने वकालत, अध्यापकों ने विद्यालय जाना, व्यापारियों ने दुकानें खोलना छोड़ दिया। हर प्रकार के लोग इस अद्भुत यात्रा में ज़ोर-शोर से सम्मिलित हुए। गांधी जी 5 अप्रैल, 1930 को डांडी पहुंचे। पूरे देश में नमक क़ानून तोड़ा गया और नमक बनाया गया। बल्लभ भाई को सरकार अधिक समय तक जेल में नहीं रख सकी। जून के आखिरी सप्ताह में बल्लभ भाई जेल से छूट गए। उन दिनों भारत के पहले प्रधानमंत्री जवाहरलाल नेहरू के पिताश्री मोतीलाल नेहरू कांग्रेस के आंदोलन की अगुवाई कर रहे थे। उसी समय अंग्रेज़ सरकार मोतीलाल को जेल भेजने की योजना बना रही थी, लेकिन महात्मा गांधी उस समय के राजनीतिक घटनाक्रमों के चलते अंग्रेज़ सरकार की मंशा भांप गए थे। परिणामस्वरूप उन्होंने तुरंत ही कांग्रेस की अगुवाई को बल्लभ भाई पटेल के हाथों में सौंप दिया। आगे चलकर सन् 1931 में उन्हें एकमत से कांग्रेस का अध्यक्ष चुन लिया गया। जब महात्मा गांधी से उनकी पसंद के बारे में पूछा गया, तो उन्होंने कहा कि इस पद के लिए सरदार पटेल से बेहतर चुनाव कोई दूसरा नहीं हो सकता। इस ख़बर को सुनकर गुजरात की जनता खुशी से झूम उठी एवं बल्लभ भाई ने इस अवसर पर कहा, "आपने एक किसान को भारत की सबसे ऊंची कुर्सी पर बैठने का सम्मान दिया है, मैं अपनी पूरी मेहनत एवं लगन से पार्टी के काम एवं पार्टी को मज़बूत करने को प्रत्यनशील रहूंगा।"

अंग्रेज़ सरकार ने अब अनुभव किया कि जब तक कांग्रेसी संगठन की जड़ों को कमज़ोर नहीं किया जाता, तब तक भारतीय उनकी सरकार

के विरुद्ध आवाज़ उठाते रहेंगे। अपनी इसी गंदी इच्छा को पूरी करने हेतु सरकार ने कांग्रेस को ग़ैर क़ानूनी संगठन घोषित कर दिया और कांग्रेस के दफ़्तरों को अपने क़ब्ज़े में ले लिया। इन सभी क्रिया-कलापों के पीछे सरकार की मंशा सविनय अवज्ञा आंदोलन को कुचलने की थी। बल्लभ भाई पटेल ने एक बार फिर इसके ख़िलाफ़ जनता को एकजुट करने के प्रयास तेज़ कर दिए। इधर लोकमान्य बाल गंगाधर तिलक का जन्म दिवस निकट आ रहा था। वह अपने जीवन के 74 बसंत देख चुके थे। पटेल जी उनके जन्म दिवस के मौके पर उनका भारी मान-सम्मान करना चाहते थे। इसी उद्देश्य की पूर्ति के लिए पटेल जी एवं मदन मोहन मालवीय एक शोभा यात्रा की अगुवाई कर रहे थे। इसी दौरान पुलिस ने जुलूस को चारों तरफ़ से घेरकर बीच में ही रोक दिया। परिणामस्वरूप जनता विद्रोह पर उतर गई और इस स्थिति में पुलिस ने जनता पर लाठियां बरसा दीं। बल्लभ भाई को जेल भेज दिया गया और उन्हें तीन महीने की सज़ा सुना दी गई।

जेल से वापस आने के बाद भी बल्लभ भाई फिर से देश के लाभ के कर्मों में संलग्न हो गए। इसी श्रृंखला में एक बार बंबई में कांग्रेस के बड़े-बड़े नेता सरकार से विरोध प्रकट करने के लिए जुलूस निकाल रहे थे। पुलिस ने एक बार फिर जुलूस को आगे बढ़ने से रोक दिया। पर आंदोलनकारी वहां से न हटकर ज़मीन पर ही बैठ गए। बारिश भी होने लगी, लेकिन वे लोग परेशान नहीं हुए। पुलिस ने आंदोलनकारियों पर लाठियां बरसाना शुरू कर दी, लेकिन पुलिस आंदोलनकारियों को झुका नहीं पाई। अंततः कांग्रेस के कई बड़े नेता जेल की सीखचों के पीछे पहुंचा दिए गए। महात्मा गांधी एवं बल्लभ भाई पटेल दोनों को यरवदा जेल में एक साथ ही नज़रबंद कर दिया गया। दोनों नेताओं ने पुणे की यरवदा जेल में लगभग सोलह महीने साथ-साथ काटे। जेल से बाहर आने पर महात्मा गांधी ने सबसे पहले जो बात कही थी, वो यह

थी कि “मेरी ज़िंदगी की कई खुशियों में से एक सरदार पटेल के साथ यहां इस जेल में रहना रहा। उनकी देश के प्रति श्रद्धा एवं आज़ादी के लिए साहसपूर्वक किए जाने के प्रयासों में सच्ची स्थिति तो बेजोड़ है ही, लेकिन उनके मेरे प्रति प्रेम ने भी मुझे जीत लिया है।” उन्हें जेल से बाहर आए काफ़ी समय भी नहीं बीता था कि फिर जेल में डाल दिया गया। देश में सुलगते हालातों के चलते सरकार ने राष्ट्रीय नेताओं के साथ बैठकर बातचीत करने की योजना बनाई एवं इसके तहत लंदन में गोलमेज कॉन्फ्रेंस करने की घोषणा की, पर क्योंकि कांग्रेस के बड़े-बड़े नेता जेल में थे इसलिए उन्होंने इस सम्मेलन का त्याग कर दिया। परिण ाामस्वरूप अंग्रेज़ सरकार ने घुटने टेक दिए और गांधी जी, पटेल जी सहित अन्य प्रमुख नेताओं को रिहा कर दिया। इसके बाद इर्विन एवं महात्मा गांधी के बीच समझौता हुआ, इसे गांधी-इर्विन समझौते के नाम से जाना गया।

इधर उत्तर प्रदेश में किसानों ने सरकार के विरुद्ध आंदोलन छेड़ दिया। सरकार एवं किसानों के बीच कड़वाहट बढ़ती जा रही थी। अतः महात्मा गांधी ने किसानों के समर्थन में लॉर्ड वेलिंग्टन से बातचीत करने का विचार किया, पर उसने गांधी जी से मिलने से इनकार कर दिया। इस पर नाराज़ होकर कांग्रेस ने सरकार के ख़िलाफ़ भयानक आंदोलन छेड़ दिया, जिसकी समाप्ति गांधी जी एवं बल्लभ भाई समेत कई दूसरे नेताओं की गिरफ़्तारी के बाद हुई।

गांधी जी सदा नींबू में पानी मिलाकर पीते थे। जेल में जब नींबू महंगे मिलने लगे, तो उन्होंने कहा, “नींबू के स्थान पर अब इमली इस्तेमाल की जाए....।”

सरदार पटेल को यह पसंद न आया। उन्होंने विरोध किया, “इमली नुकसान करती है।”

“क्या नुकसान करती है?” गांधी जी ने पूछा।

"उससे हड्डियां गल जाती हैं।"

"जमनालाल जी तो बराबर इस्तेमाल करते हैं।"

सरदार पटेल ने उत्तर दिया, "उनकी हड्डियों तक वह पहुंच कहां पाती है!"

इन राष्ट्रीय नेताओं के बीच यह हास्य विनोद चल ही रहा था कि तभी जेल में गांधी जी के लिए नारियल की रस्सी से बुनी चारपाई आयी। सरदार पटेल का विचार था कि चारपाई की रस्सियां हटाकर उसे निवाड़ से बुन दिया जाए, लेकिन बापू को यह पंसद न था, बोले, "देखो, रस्सी की खाट में खटमल हो जाते हैं, तो गरम पानी डालने से निकल जाते हैं।"

पटेल ने कहा, "और निवाड़ को तो केवल धूप में रखने से ही काम हो जाता है।"

गांधी जी बोले, "पर निवाड़ मैली हो जाती है।"

सरदार पटेल ने अविलंब जवाब दिया, "धोबी को भेजिए, समस्या समाप्त।"

गांधी जी ने दूसरा तर्क प्रस्तुत किया, "जानते हो मेरी मां ऐसी ही खाट से अदरक छीला करती थी।"

सरदार किंचित मुस्कराए, बोले, "इसीलिए तो कहता हूं कि इस खाट पर सोने से, आपके शरीर पर जो थोड़ी-सी चमड़ी है, वह भी छिल जाएगी।"

कांग्रेस ने नशाबंदी एवं स्वदेशी आंदोलन जारी रखते हुए सरकार को दुविधा में डाल दिया। पूरा देश कांग्रेस के साथ हो चला। इस बार लगभग अठारह महीने बल्लभ भाई जेल में रहे। जेल से बाहर आने के बाद सन् 1932 में पटेल जी को कई पारिवारिक कष्टों का सामना करना पड़ा। जहां इसी साल उनकी माता की मृत्यु हो गई, वहीं उनके बेटे डाहया भाई पटेल की धर्मपत्नी भी मौत की शिकार हुई। पर पारिवारिक

दुःख बल्लभ भाई को डिगा न सके। सन् 1933 तक कांग्रेसियों का आंदोलन इतने भयंकर रूप से चल उठा कि ब्रिटिश सरकार डर गई। फलतः उसने कुछ राजनीतिक क़ैदियों को रिहा कर दिया। बल्लभ भाई के बड़े भाई विट्ठल भाई पटेल भी जेल से बाहर आ गए। उनका स्वास्थ्य ठीक नहीं था, अतः इलाज के लिए यूरोप चले गए, जहां उनकी मुलाकात भारतीय स्वतंत्रता संग्राम के सबसे अधिक चमकदार नक्षत्रों में से एक सुभाषचंद्र बोस से हुई। यद्यपि सुभाषचंद्र बोस ने वहां विट्ठल भाई की भरपूर सेवा की, पर उनकी तबियत अधिक खराब हो जाने के कारण उनकी मृत्यु हो गई। जब उनका मृत शरीर बंबई लाया गया तब बल्लभ भाई पटेल नासिक जेल में थे। सरकार ने कहा कि कुछ दिनों के लिए हम आपको छोड़ सकते हैं, जिससे कि आप अपने भाई की अंतिम क्रिया कर सकें, पर इसके लिए आपको वायदा करना पड़ेगा कि आप कहीं भी कोई भाषण नहीं देंगे तथा प्रतिदिन पुलिस को अपने कार्यों की जानकारी देते रहेंगे। बल्लभ भाई अपने बड़े भाई की मृत्यु के चलते एक तो पहले ही परेशान थे ओर इस प्रकार की शर्तें सुनकर वे और भी अधिक दुखित हो गए। इस कारण उन्होंने सरकार की दोनों शर्तें मानने से इनकार कर दिया। फ़िलहाल कुछ दिनों बाद उन्हें इसलिए रिहा कर दिया गया, जिससे कि अपनी नाक से परेशान बल्लभ भाई ऑपरेशन करा सकें। उसी समय दिल्ली में कांग्रेस की बैठक हुई, जिसमें विचार किया गया कि स्वराज्य पार्टी को दोबारा अस्तित्व में लाया जाए और केंद्रीय असेंबली के चुनाव में भाग लिया जाए। इस तथ्य को ध्यान में रखते हुए सविनय अवज्ञा आंदोलन रोक दिया गया और इससे सरकार ने कांग्रेस पर से रोक हटा ली। बैठक के फलस्वरूप कांग्रेस पार्लियामेंट्री का गठन किया गया। बल्लभ भाई इसके अध्यक्ष थे और इसके सदस्यों में प्रमुख थे – अबुल क़लाम आज़ाद, डॉ. राजेंद्र प्रसाद, पंडित मदनमोहन मालवीय आदि।

बापू का रखा मान

कांग्रेस के अध्यक्ष पद के लिए उस समय जवाहरलाल नेहरू एवं बल्लभ भाई पटेल दोनों के ही नाम सामने आए थे, लेकिन इस पद के पटेल जी मज़बूत उम्मीदवार थे। महात्मा गांधी ने तब किसी भी प्रकार का टकराव टालने के उद्देश्य से पटेल जी से अपना नाम वापस लेने का आग्रह किया, "मैं चाहता हूं कि तुम अपना नाम वापस ले लो।"

"मगर क्यों?"

"क्या मुझसे सवाल करोगे?"

"बापू और आपसे सवाल," पटेल ने कहा, "महात्मा जी मैं आपके विचारों से प्रभावित हूं, इसलिए आपकी बात कभी नहीं टाल सकता, लेकिन शंका का समाधान तो...।"

"मैं कह रहा हूं ना।"

"ठीक है, मैं अपना नाम वापस लेता हूं।"

इस प्रकार बल्लभ भाई ने गांधी जी की इच्छा का सम्मान करते हुए अपना नाम वापस ले लिया, पर उन्होंने कहा, "मैंने अपना नाम वापस ले लिया है, पर इसका अर्थ यह नहीं है कि मैं जवाहरलाल नेहरू की विचारधारा से पूरी तरह सहमत हूं। कांग्रेस की जनता जानती है कि कुछ महत्त्वपूर्ण मुद्दों पर निश्चित रूप से हम दोनों में मतभेद हैं। पर उद्देश्य हमारा एक ही है और वह है भारत की स्वतंत्रता।"

नेहरू जी के साथ सरदार पटेल

फ़रवरी, 1937 तक असेंबली के चुनाव पूरे हो चुके थे। कांग्रेस को पूरे देश में भारी सफलता मिली थी। बंबई में मंत्रिमंडल का गठन किया गया और प्रांतों में भी कांग्रेस की सरकारें बनीं। बल्लभ भाई ने तब बहुत से किसानों की ज़मीनें जो अंग्रेज़ों द्वारा ज़ब्त कर ली गई थीं, वापस दिलाईं। इसके अलावा बहुत से छोटे-छोटे विवादों को बुद्धिमत्ता से सुलझाया। शासन व्यवस्था को पहले से भी और अधिक चुस्त-दुरूस्त किया। वह जनता का पूरा ध्यान रखते थे। यदि कोई राज्य की सरकार वहां की जनता के हितों की अनदेखी करती, तो बल्लभ भाई उसके ख़िलाफ़ क़दम उठाने में बिल्कुल भी नहीं झिझकते थे। उनकी न्यायप्रियता अद्भुत थी। अब भारतीयों के अधिकारों में मामूली-सी बढ़ोतरी तो

हो गई थी, लेकिन अभी भी अंग्रेज़ सरकार की भारत में उपस्थिति ने बल्लभ भाई समेत देश के सभी नेताओं को विचार करने को मज़बूर किया हुआ था।

वर्ष 1939 में दूसरा विश्वयुद्ध शुरू हो गया। जर्मनी ने पोलैंड पर हमला कर दिया एवं ब्रिटेन और फ्रांस ने जर्मनी के ख़िलाफ़ युद्ध का बिगुल बजा दिया। अंततः भारत सरकार ने भी जर्मनी के ख़िलाफ़ युद्ध में उतरने का ऐलान कर दिया।

देश के सभी बड़े नेता इस घोषणा से सकते में आए, क्योंकि सरकार ने यह घोषणा पार्लियामेंट्री बोर्ड के अध्यक्ष बल्लभ भाई पटेल की अनुमति लिए बिना ही कर दी थी। इसके लिए बल्लभ भाई ने सरकार से अपनी घोर आपत्ति जताई। उन्होंने सिंह की भांति गरजते हुए कहा, "पहले सरकार हमारे देश को आज़ाद करने की घोषणा करे, तभी हम जर्मनी के ख़िलाफ़ युद्ध करने पर विचार कर सकते हैं।"

इस विरोधाभास से निपटने के लिए अंग्रेज़ सरकार ने गांधी जी को बातचीत के लिए बुलाया। गांधी जी ने तुरंत ही कार्यसमिति की बैठक बुलाई और उसमें तय किया गया कि ब्रिटिश सरकार भारत को पूरी स्वतंत्रता के पक्ष में पहले स्पष्ट घोषणा करे।" नेताओं की इस मांग के चलते वायसराय ने घोषणा की, "ब्रिटेन भारत को औपनिवेशक राज्य का दर्जा देने के लिए तैयार है एवं युद्ध के खत्म होने के बाद गवर्नमेंट ऑफ इंडिया एक्ट में समस्त संप्रदायों एवं निहित स्वार्थवालों की सम्मति से संशोधन कर दिया जाएगा।"

विश्वयुद्ध पूरा होने पर इंग्लैंड एवं उसके सहयोगियों ने विजय प्राप्त की एवं ब्रिटिश सरकार ने तब शिमला में भारत के प्रतिनिधियों की बैठक तो बुलाई पर उस बैठक में उसने बल्लभ भाई एवं गांधी जी समेत दूसरे नेताओं को टालमटोल करके बात को टालने का प्रयास ही नहीं किया, बल्कि सांप्रदायिकता की आड़ में प्रत्यक्ष में भारत का

शुभचिंतक जबकि अप्रत्यक्ष में भारतीयों के हितों पर कुठराघात करने के तरह-तरह के हथकंडे अपनाए। इससे कांग्रेस सकते में आ गई और उन्होंने आंदोलन करने की घोषणा कर दी। परिणामस्वरूप सत्याग्रह आंदोलन शुरू हो गया। बल्लभ भाई ने जगह-जगह जाकर अंग्रेज़ सरकार के कुकृत्य की जानकारी जनता को देते हुए उन्हें आंदोलन के बारे में बताया। देश के कई भागों में उन्होंने भाषण देते हुए राष्ट्रीय चेतना जगाने का प्रयास किया एवं भारतीय जनता में एक नए जोश का संचार करते हुए वह कहते थे, "राष्ट्रीय चेतना को संसार की कोई ताक़त दबा सकती है क्या? अंग्रेज़ सरकार का कथन है कि यदि वे चले गए तो हमारा क्या हश्र होगा? यह एक मूर्खतापूर्ण एवं विचित्र प्रश्न है। यह एक ऐसा प्रश्न प्रतीत होता है कि जैसे कोई चौकीदार अपने मालिक से कहे कि यदि वह चला गया, तो उसके मालिक का क्या होगा? इसका सही उत्तर है कि अपनी समस्याओं से हम स्वयं निपट लेंगे, चाहे वो सामाजिक समस्याएं हों या राष्ट्रीय। तुम अपना रास्ता देखो। हम या तो दूसरा चौकीदार रख लेंगे या खुद ही अपनी रखवाली करेंगे।"

पूरा देश अंग्रेज़ सरकार की मनमानी के ख़िलाफ़ खड़ा हो गया और सत्याग्रह की लपटों में सरकार ने जब देखा कि उसका सिंहासन हिल उठा है, तो सरकार ने बल्लभ भाई समेत कांग्रेस के सभी बड़े नेताओं को जेलों में ठूंस दिया। पर बल्लभ भाई के ख़राब स्वास्थ्य के चलते जल्दी ही उन्हें रिहा कर दिया गया। जेल से बाहर आने के बाद उनकी राजनीतिक गतिविधियां पूर्व की भांति चलने लगीं। मार्च, 1942 में क्रिप्स को भारत भेजा गया। उसने ब्रिटिश सरकार के प्रस्तावों की जानकारी सरदार बल्लभ भाई एवं उनके सहयोगियों को थी। प्रस्ताव में कहा गया था कि यथाशीघ्र भारत को औपनिवेशिक राज्य का दर्जा मिल जाएगा। सभी दलों के सहयोग से संविधान परिषद का गठन किया जाएगा। प्रांतों की जनसंख्या के आधार पर वहां के प्रतिनिधियों

को संविधान परिषद में रखा जाएगा। कोई प्रांत यदि भारत से अलग रहना चाहेगा तो उसे इसकी छूट होगी और भारतीय सेना की देखभाल ब्रिटिश सरकार के हाथों होगी।

नेताओं ने अंग्रेज़ों के इस प्रस्ताव को मंज़ूर नहीं किया, जिससे स्पष्ट था कि अभी भी भारतवासियों को अंग्रेज़ों के अनुसार ही चलना पड़ेगा। दूसरी तरफ़ गांधी जी सहित देश के सभी नेता जानते थे कि अंग्रेज़ अभी-अभी विश्वयुद्ध की घटना से प्रभावित हुए हैं, इसलिए यही वो उचित समय है, जबकि भारत को उनके चंगुल से छुटाकर आज़ादी दिलाई जा सकती है। गांधी जी ने इस सुनहरे अवसर को पहचानते हुए नारा दिया, "करो या मरो", "अंग्रेज़ो भारत छोड़ो" जगह-जगह कांग्रेस की बैठकें होने लगीं, अब सभी का ध्यान इस नारे पर था। धीरे-धीरे पूर्ण भारत की जनता आंदोलन से जुड़ गई एवं देश के प्रत्येक कोने से लोग गुस्से में दहाड़ने लगे, "अंग्रेज़ो भारत छोड़ो।" देश के सभी नेता इस मौके का लाभ उठाना चाहते थे। बल्लभ भाई भी आंदोलन में नई ऊर्जा भरने के काम में प्रयत्नशील थे। जुलाई, 1942 को लोकल बोर्ड के मैदान में अपने भाषण के दौरान उन्होंने कहा, "आप अपने मन से डर निकाल दें। ऐसा समय फिर कभी नहीं आएगा। हमें अंततः यह कभी न कहना पड़े कि गांधी जी अकेले थे। जब वह 74 वर्ष की अवस्था में भारत की आज़ादी की लड़ाई लड़ने निकल पड़े हैं, तब तो हमें देश की परिस्थिति पर विचार करना चाहिए। आपसे मांग की जाए अथवा न की जाए, समय आए या न आए, किंतु आपके लिए अब यह पूछने को नहीं रह जाता कि यह कैसा कार्यक्रम है? इस विषय पर प्रश्न मत कीजिए, बैठे मत रहिए, देश की स्वाधीनता के लिए किए जाने वाले प्रयासों में अपना सहयोग दीजिए। हमने अंग्रेज़ों को यह चेतावनी दे दी है कि अब वे हमारा देश छोड़कर चले जाएं। उनके लिए कोई दूसरा

रास्ता नहीं है, क्योंकि अब हमें स्वतंत्र होना ही है, उनकी ग़ुलामी अब एक क्षण के लिए भी सहन नहीं की जा सकती।"

इसी प्रकार बल्लभ भाई जगह-जगह भाषण देते एवं आम जनता को देश की स्वतंत्रता में सहयोग देने की अपील करते। लोगों में इस प्रकार लगातार बढ़ती चेतना से अंग्रेज़ सरकार घबरा गई एवं उसने गांधी जी और बल्लभ भाई को गिरफ़्तार कर लिया। बल्लभ भाई की गिरफ़्तारी का समाचार सुनकर उनके बेटे डाह्या भाई पटेल ने आंदोलन को तेज़ करने का प्रयास किया। उन्होंने जगह-जगह महात्मा गांधी, बल्लभ भाई के द्वारा दिए गए भाषणों की प्रतियां बांटना शुरू कर दिया। परिणामस्वरूप उन्हें भी गिरफ़्तार कर लिया गया। अब जनता में भयंकर गुस्सा फैल गया। जगह-जगह प्रदर्शन, रैली एवं आंदोलन होने लगे। सरकार ने अन्य नेताओं की भी धर-पकड़ शुरू कर दी। लगभग पंद्रह हज़ार आंदोलन करने वालों को क़ैद कर लिया गया। जेलें कम पड़ गईं, पर आंदोलन की तेजी एवं भारतीय जनमानस में जोश बढ़ता चला गया। इससे अंग्रेज़ सरकार की हताशा बढ़ती जा रही थी। अब अंग्रेज़ों ने हिंसा का सहारा लिया। हज़ारों लोगों को मारा जाने लगा एवं इससे भी कहीं अधिक संख्या घायलों की रही। सरकार ने बूढ़ों को, महिलाओं को एवं बच्चों को भी नहीं छोड़ा, पर आंदोलन पर इसका कोई फ़र्क नहीं पड़ा। इस आंदोलन में छात्र, छात्राएं, वकील, व्यापारी, शिक्षक एवं मज़दूर सभी कूद पड़े थे। रेल कर्मचारी काम पर नहीं गए, डाकियों ने हड़ताल कर दी, अध्यापकों ने विद्यालय जाना बंद कर दिया।

जून, 1945 में बल्लभ भाई को जेल से छोड़ दिया गया। क़रीब इसी समय महात्मा गांधी को भी जेल से रिहा कर दिया गया। जब बल्लभ भाई को यह शुभ समाचार मिला, तब देश में आंदोलन की तेज़ी को देखते हुए एवं गांधी जी की रिहाई को केंद्र में रखते हुए उन्होंने कहा – "ऐसा लगता है कि आज़ादी अब अगले ही क्षण आने वाली है।"

अखंड भारत बनाने का प्रयास

उस दिन दुनिया की सबसे कठोर सीमाओं में जकड़ी हुई बिरादरी की वह अंतिम सभा थी। जरी की सुनहरी पोशाकों, तमगों से चमचमाती हुई वर्दियों, हीरे-जवाहरात से दमकती हुई पगड़ियों में सजे-धजे पसीने से तर-बतर भारत के 75 सबसे महत्त्वपूर्ण महाराजा और नबाब और 74 दूसरे राजे-महाराजों का प्रतिनिधित्व करने वाले उनके दीवान नई दिल्ली की उमस भरी गरमी में पटेल के मुंह से यह सुनने के लिए जमा हुए थे कि विलय के बाद उनकी हैसियत भारत संघ में क्या होगी?

बल्लभ भाई पटेल ने उन्हें संबोधित करते हुए कहा, "हमें अपनी संस्कृति पर गौरवपूर्ण अनुभूति है और यह दुःखद बात है कि हममें से बहुत से लोग अलग-अलग राज्यों में रहते हैं। हमें यह सुनिश्चित कर लेना चाहिए कि कोई भी बाहरी ताक़त हमें टुकड़ों में नहीं बांट सकती है। हम सभी का भला इसी में है कि हम सब एक साथ रहें एवं पूरे देश में लागू करने के लिए एक ही क़ानून बनाएं। इसलिए मैं हर राज्य के शासक और प्रजा से भारत के संविधान का अंग बनने की प्रार्थना करता हूं।"

"अंग्रेज़ों ने प्रत्येक रियासत को स्वतंत्र कर दिया है, यदि कोई भारत संघ में न मिलना चाहे तो...।" हैदराबाद के निज़ाम ने प्रश्न किया।

"जो राज्य 15 अगस्त के पहले तक भारतीय संघ में सम्मिलित नहीं होंगे, उन पर कड़ी कार्रवाई की जाएगी।"

"क्या अंग्रेज़ों द्वारा दी गयी रियासतों की स्वतंत्रता का कोई अर्थ ही नहीं है।"

"अर्थ है, केवल इतना ही संघ के साथ मिलकर रहना होगा।"

नरेंद्र-मंडल के उस छोटे-से चंद्राकार कमरे में अपने सामने बैठे हुए इन दुखी लोगों को पटेल बड़े शांत भाव से घूरकर देखते रहे।

उन्होंने अपने श्रोताओं से अनुरोध किया, "सभी विलय के समझौते पर हस्ताक्षर कर अपनी रियासतों को लेकर भारत में शामिल हो जाएं।"

चारों तरफ खामोशी थी, जैसे कि राजा-महाराजा को सांप सूंघ गया हो। पर पटेल शांत रहने वाले नहीं थे। उन्होंने कहना जारी रखा, "हथियार उठाने का नतीजा खून-खराबे और तबाही के अलावा और कुछ नहीं होगा। मैं आप लोगों से अनुरोध करता हूं कि आज से दस साल बाद की बात सोचिए। सोचिए कि उस वक्त भारत की और दुनिया की हालत क्या होगी और फिर उसी हिसाब से काम करने की कोशिश कीजिए।"

इतिहास के उतार-चढ़ाव की इस दलील पर वहां पर जमा भांति-भांति के लोगों पर उतना असर नहीं हुआ, जितना कि पटेल की उस बात का जो उन्होंने इसके बाद कही। उनका अस्तित्व मिटने वाला था, जिस दुनिया से वे परिचित थे वह ढह रही थी, लेकिन जिस दलील का उनमें से कुछ लोगों पर सबसे ज़्यादा असर हुआ, उसका संबंध मीनाकारी के उन रंग-बिरंगे टुकड़ों से था, जो उनके सीनों पर चमक रहे थे। पटेल ने स्पष्ट कहा, "अगर आप लोग विलय के समझौते पर दस्तखत कर देंगे तो मैं और कांग्रेस आप लोगों को इस बात की अनुमति दे देंगे

अपने कार्यालय में पटेल

कि आप ब्रिटेन के बादशाह से सम्मान और उपाधियां पहले की तरह ही पाते रहें।"

अपना भाषण समाप्त करने के बाद पटेल ने उन राजा-महाराजाओं से प्रश्न पूछने को कहा। पटेल उन लोगों की बेतुकी बातें सुनकर दंग रह गये। उन लोगों को जिन चीज़ों से दिलचस्पी थी, उनमें से कुछ तो ऐसी बेतुकी थीं कि पटेल एक क्षण के लिए यह सोचने लगे कि इन लोगों को और उनके दीवान लोगों को यह पता भी है या नहीं कि उनके साथ क्या होने वाला है? इस प्रतिष्ठित सभा में भाग लेने वाले एक सज्जन को सबसे बड़ी चिंता यह थी कि अगर उन्होंने भारत में अपनी रियासत का विलय कर दिया तो क्या आज की तरह उन्हें अपनी रियासत के जंगलों में शेर का शिकार करने का अधिकार रहेगा? एक और रियासत के दीवान ने, जिनके मालिक को ऐसी नाजुक घड़ी में यूरोप के जुएखानों और नाच-घरों में रंगरेलियां मनाने से अच्छा और कोई काम नहीं सूझा था, यह बहाना पेश किया कि चूंकि इस समय उनकी रियासत के शासक समुद्र की यात्रा पर हैं, इसलिए यह फैसला नहीं कर सकते कि कौन-सा रास्ता अपनाएं।

पटेल एक क्षण तक कुछ सोचते रहे, फिर उन्होंने अपने सामने रखा हुआ बड़ा-सा कांच का गोल पेपरवेट उठा लिया। कांच के उस गोल टुकड़े को अपने हाथों में किसी प्राचीन भारतीय साधु-महात्मा की तरह घुमाते हुए उन्होंने कहा – "मैं अभी अपने गोले में देखकर बताता हूं कि आपका जवाब क्या हो?"

अपने माथे पर बल डालकर वह कांच के उस गोले को बड़े रहस्यमय ढंग से घूरते रहे। लगभग दस सेकेंड तक सन्नाटा छाया रहा, जिसके दौरान सभा-भवन में कुछ अधिक स्थूल काया वाले नरेशों की सांस लेने की आवाज़ ही सुनाई देती रही। भारत में महाराजा भी ऐसे जादू-टोने को मजाक समझकर टाल नहीं सकते थे।

पटेल ने बड़ी नाटकीय ढंग से अस्फुट स्वर में कहना शुरू किया, "ओह, वह रहे आपके महाराजा साहब। वह जहाज के कप्तान की मेज पर बैठे हैं। वह पूछ रहे हैं कि कहिए, क्या बात है? ...वह कह रहे हैं – विलय के समझौते पर दस्तखत कर दीजिए। पटेल साहब ठीक कह रहे हैं, यदि ऐसा नहीं किया तो उनका मालिक फिर भगवान ही होगा?"

फिर पटेल ने कहा, "यदि आप लोगों ने विलय के दस्तावेज़ पर हस्ताक्षर नहीं किये तो समझ लीजिए कि आप जल्दी ही एक क्रांति का सामना करने वाले हैं। थोड़े ही समय बाद आपकी सार्वभौम सत्ता आप से छिन जाएगी। लेकिन ऐसा होना अनिवार्य है, इससे बचा नहीं जा सकता।" फिर उन्होंने अनुरोध किया, "15 अगस्त को जिस नये भारत का उदय होने वाला है उसकी ओर से मुंह न मोड़िए। उस भारत के पास विदेशों में अपने प्रतिनिधित्व के लिए काफ़ी संख्या में योग्य आदमी नहीं होंगे। उसे डॉक्टरों, वकीलों, योग्य प्रशासकों और सेना में अंग्रेज़ों की जगह लेने के लिए प्रशिक्षित अफ़सरों की ज़रूरत होगी।

"मैं जानता हूं कि आप लोगों में से कई राजे-महाराजे विदेशों में शिक्षा प्राप्त कर चुके हैं, आपको अपनी रियासतों के शासन का काम-काज चलाने का अनुभव है, आप लड़ाई में अपने जौहर दिखा चुके थे, आपमें अनेक ऐसे कौशल हैं, जिनकी भारत को ज़रूरत पड़ने वाली है। इसलिए मैं नये भारत के निर्माताओं में आपकी गिनती सुनना चाहता हूं। आप भारत के भाग्य विधाता और नये भारत के नवनिर्माता होंगे। आपकी हैसियत नये भारत में आज से ज़्यादा बेहतर होगी, क्योंकि देश की उन्नति आप सब मिलकर अपने आप करेंगे।"

बल्लभ भाई के इन शब्दों का राज्यों के शासकों पर बहुत अच्छा प्रभाव पड़ा। भारत में सम्मिलित होने वाले सबसे पहले राज्यों में ग्वालियर, बड़ौदा एवं बीकानेर थे। अगस्त के पहले सप्ताह में शामिल करने वाले दस्तावेज़ पर हस्ताक्षर करने वाले महाराजाओं एवं नबावों की भीड़ ही

सरदार बल्लभ भाई पटेल और पटियाला के महाराजा

लग गई थी। इस प्रकार बल्लभ भाई ने राजकोट, उड़ीसा, छत्तीसगढ़, सौराष्ट्र संघ के राज्य, मालवा का राज्यसंघ, पंजाब राज्यसंघ, फरीदकोट, विन्ध्य प्रदेश, राजस्थान संघ, ट्रावनकोर, कोचीन, रायपुर, भोपाल आदि को भारत के अधीन कर लिया। जूनागढ़ रियासत भी शुरुआती आनाकानी के बाद भारत में शामिल कर ली गई। पर कई रियासतों ने अभी भी विलय को स्वीकार नहीं किया था और कुछ शासकों के लिए विलय के करारनामे पर हस्ताक्षर करना बहुत क्रूर आघात सिद्ध हुआ। मध्य

भारत के एक राजा हस्ताक्षर करने के कुछ ही सेकेंड बाद दिल के दौरे से वहीं गिरकर मर गये।

धौलपुर के राजा ने आंखों में आंसू भरकर कहा – "इससे हमारे पूर्वजों का और ब्रिटेन के बादशाह के पूर्वजों का वह पुराना संबंध टूट गया, जो 1765 से चला आ रहा था।"

बड़ौदा के गायकवाड़, जिनके किसी पूर्वज ने अंग्रेज़ रेजिडेंट को हीरे का चूरा खिलाकर उसकी जान लेने की कोशिश की थी, हस्ताक्षर करने के बाद वी.पी. मेनन की बांहों में लिपटकर बच्चों की तरह फूट-फूटकर रोये। छोटी-सी रियासत के राजा भी हस्ताक्षर करने से पहले कई दिन तक आनाकानी करते रहे, क्योंकि वह अभी तक राजाओं के शासन करने के दैवी अधिकार में विश्वास रखते थे। पंजाब के आठ महाराजाओं ने महाराजा पटियाला के यहां एक औपचारिक भोज समारोह में एक साथ विलय के समझौते पर हस्ताक्षर किए।

आज़ादी का सूर्योदय

बल्लभ भाई ने आज़ादी के पहले ही (15 अगस्त से पूर्व) एक वक्तव्य जारी किया –

"मेरे प्रिय देशवासियो!

"हमें अपनी संस्कृति पर गौरवपूर्ण अनुभूति है और यह दुःखद बात है कि हममें से बहुत से लोग अलग-अलग राज्यों में रहते हैं। हमें यह सुनिश्चित कर लेना चाहिए कि कोई भी बाहरी ताक़त हमें टुकड़ों में नहीं बांट सकती है। हम सभी का भला इसी में है कि हम सब एक साथ रहें एवं पूरे देश में लागू करने के लिए एक ही क़ानून बनाएं। इसलिए मैं हर राज्य के शासक और प्रजा से भारत के संविधान का अंग बनने की प्रार्थना करता हूं।"

"हमारी प्रिय भारत माता का विभाजन हो गया। भला कौन आहत नहीं हुआ इस विभाजन से? किसने नहीं झेली विभाजन की असहनीय त्रासदी? लोग कहते हैं कि कांग्रेस ने मुल्क के टुकड़े कर दिए। एक तरह से यह बात सच है। हमने सोच-विचार कर यह जिम्मेदारी ली है। किसी के डर या दबाव से नहीं। हिन्दुस्तान के टुकड़े करने का मैं कट्टर विरोधी था। लेकिन जब मैं केंद्रीय सरकार में आकर बैठा, तो देखा कि सांपद्रायिकता का जहर चपरासी से लेकर ऊंचे अधिकारियों तक फैल

गया है। ऐसी हालत में रहकर लड़ते रहने और तीसरे से बीच-बचाव कराते रहने से अलग हो जाना ही अच्छा है।

"कुछ सप्ताह बाद 2 सितंबर को हमें केंद्रीय सरकार में आये एक वर्ष पूरा हो जाएगा। कलकत्ते में मारकाट मचने के कुछ ही दिन बाद केंद्रीय सरकार में आये। दोनों जातियों हिन्दू और मुसलमानों में बहुत बैर-भाव है। कलकत्ता लाहौर और मुंबई में जाकर देखिये, तो जगह-जगह पाकिस्तान बन गये हैं। मुस्लिम मुहल्लों में कोई हिन्दू नहीं जा सकता। रावलपिंडी में जाकर देखिये तो वहां कोई हिन्दू नहीं रह सकता। हमने देख लिया कि जब तक विदेशी सरकार रहेगी, तब तक इस प्रश्न का निपटारा संभव नहीं होगा। अंग्रेज़ सरकार ने डेढ़ वर्ष बाद सत्ता छोड़ने का निश्चय किया, तब असम, पंजाब, बंगाल, सरहद प्रांतों की तरफ दंगे हुए, खून-खराबे हुए। हमने सरकार से कहा, आप जल्दी चले जाइए। तब उन्होंने कहा कि तुम आपस में फैसला कर लो तो हम चले जाएं। इस पर हमने कहा कि अच्छा, पाकिस्तान की बात हमें मंजूर है, परंतु बंगाल और पंजाब के टुकड़े कर दीजिए।

"हमने मज़बूरी से यह बात मानी। परिणाम यह हुआ कि सरकार जो जून 1948 में सत्ता छोड़ने वाली थी, उसकी बजाए उसने 15 अगस्त, 1947 को ही भारत छोड़ना तय किया। सेना और अधिकारियों वगैरह का भी बंटवारा कर दिया।

"अब हम कितना भी लड़ें, तो भी एक प्रजा से दो प्रजा नहीं हो सकते। देश के टुकड़े होने पर भी प्रजा के टुकड़े नहीं हो सकते। टुकड़े कौन कर सकता है? नदी और पहाड़ के टुकड़े हो सकेंगे? मुसलमानों का भी मूल यहीं है। यहां जुम्मा मस्जिद है, ताजमहल है, अलीगढ़ यूनिवर्सिटी है। ...हमारे साथ एक हुए बिना उनका छुटकारा नहीं।

"आज जो सरकार बन रही है, उसमें सावधानी रखने की ज़रूरत है। सेना में जितने मुसलमान थे, वे उस तरफ चले गये हैं और हिन्दू

इस ओर आ गये हैं। ऐसी सेना में राष्ट्रीयता कहां से आयेगी? हिन्दू चपरासी और कलर्क अब इधर आ गये हैं और मुसलमान उधर चले गये हैं। मगर जब मुश्किल पड़ेगी, तब वे लौट आएंगे? हमारा राज्य सांप्रदायिक राज्य नहीं है। देश के टुकड़े हो जाने के बाद भी हमारा मुल्क बहुत बड़ा है। आबादी भी बहुत है। बीते हुए समय को सपने की तरह भूल जाइए। पाकिस्तान को भूल जाइए। हां, एक बात है। उनकी तरफ से झगड़ा करने की कोशिश की जाए, तो फिर हमारे बदन में ताक़त होनी चाहिए हममें संगठन होना चाहिए।"

15 अगस्त, 1947 भारत के इतिहास का वह सुनहरा दिन बना, जबकि भारत-पाकिस्तान के बंटवारे की स्वीकृति के साथ-साथ हमने अपनी आज़ादी पाई। ज्योतिषियों के अनुसार, 15 अगस्त, 1947 अत्यंत शुभ मुहूर्त था। नये भारत के अस्तित्व में आने के लिए सारा देश लेजिस्लेटिव असेंबली में मध्य रात्रि को नेहरू का भाषण सुनने को बेताब था। नेहरू ने कहा, "मध्यरात्रि के बाद हिंदुस्तान एक नवजीवन और आजादी के साथ जगेगा। एक ऐसा क्षण, बहुत ही दुर्लभता से इतिहास में किसी को मिलता है, एक ऐसा पल जब भारत के लोग भूतकाल से निकलकर एक नए भविष्य की ओर जाएंगे। जब एक युग समाप्त होता है और राष्ट्र की आत्मा जो अतीत तक घुटी हुई थी, एक बार फिर से अभिव्यक्ति पाएगी, भविष्य की ओर जा रही है।"

उसी दिन पं. जवाहरलाल नेहरू भारत के पहले प्रधानमंत्री बने। यद्यपि कांग्रेस कार्यसमिति के ज़्यादा-से-ज़्यादा सदस्य बल्लभ भाई को प्रधानमंत्री बनाना चाहते थे, पर महात्मा गांधी की इच्छा यह थी कि नेहरू जी को प्रधानमंत्री बनाया जाए। बल्लभ भाई ने अपने निजी हित को राष्ट्र के लिए समर्पित कर दिया, बल्कि लौह पुरुष ने तो जीवन-भर यही किया था। देश आजाद हो चुका था, लेकिन हैदराबाद, कश्मीर और

पटेल के सामने आत्म-समर्पण करते निज़ाम

जूनागढ़ के शासक अभी भी अपनी अलग ही रियासतें रखना चाहते थे। ख़ैर जूनागढ़ और कश्मीर तो पटेल की सूझबूझ से भारत का अभिन्न अंग बन गए, लेकिन हैदराबाद का निज़ाम टस-से-मस नहीं हो रहा था, वह भारत के अंदर एक मुस्लिम राष्ट्र यानी कि दूसरा पाकिस्तान बनाकर रखना चाहता था। जब उसने एक न सुनी तो सरदार पटेल ने 13 सितंबर, 1948 को "ऑपरेशन पोलो" यानी हैदराबाद पर हमला बोलने की शुरुआत की। 48 घंटे के अंदर हैदराबाद नामक स्टेट का अस्तित्व खत्म हो गया। निज़ाम के गुर्गों ने आत्मसमर्पण कर दिया। इसके बाद सरदार बल्लभ भाई पटेल हेलीकॉप्टर से सीधे हैदराबाद के लिए रवाना हुए। निज़ाम हैदराबाद पटेल की अगवानी करने स्वयं बेगमपेट हवाई अड्डे पर आए।

पटेल और गद्दार मलीहाबादी

पटेल के लिए मुसलमानों के अंदर बहुत ही गलत एवं अनावश्यक दुराग्रह था। जबकि सच्चाई यह है कि पटेल तो राष्ट्रवादी मुसलमानों से बहुत हमदर्दी रखते थे।

पटेल ने प्रकाशन विभाग को जो कि उनके अधीन था, ऐसी उर्दू पत्रिका निकालने का निर्देश दिया, जो पाकिस्तान की सर्वश्रेष्ठ पत्रिका के समकक्ष हो। और इस तरह जन्म हुआ उर्दू मासिक "आजकल" का, जिसने अपने पहले अंक में ही उर्दू पत्रकारिता में अद्वितीय स्थान बना लिया था। उर्दू के प्रख्यात शायर जोश मलीहाबादी इसके प्रथम संपादक नियुक्त हुए। पर उनकी नियुक्ति के प्रस्ताव ने अधिकारियों में काफ़ी विवाद खड़ा कर दिया था। उनका नाम पटेल को यूपी की तत्कालीन राज्यपाल सरोजनी नायूडु ने सुझाया था। पटेल के निजी सचिव वी. शंकर भी उर्दू के अच्छे ज्ञाता थे। उन्होंने भी इस नाम का अनुमोदन किया। पर इस नाम का संगठित विरोध भी काफ़ी था, क्योंकि जोश प्रमुख कम्युनिस्ट थे और कम्युनिस्टों से पटेल को काफ़ी अलर्जी थी। पटेल ने अपने सचिव से पूछा, "सुना है कि जोश बुरी आदतों के भी शौकीन हैं?"

"यह आरोप तो उनके ऊपर निराधार है।"

"तो आपकी दृष्टि में जोश कैसे हैं?"

"उनकी पृष्ठभूमि राष्ट्रभक्ति की रही है। उनकी रचनाएं अंग्रेज़ों के विरूद्ध विद्रोह की आग का कार्य करती थी, इसलिए तो उन्हें विद्रोही कवि कहा गया।"

"ओह, तो ठीक है, उनकी कोई कविता सुनाओ।"

शंकर के मुख से जोश की कुछ रचनाएं सुनकर पटेल इतने प्रभावित हुए कि उन्होंने उसी वक्त जोश की नियुक्ति का ओदश दे दिया। पर विभाग के सचिव एन. सी. मेहता इस आदेश को महीनों दबाए रखे रहे, क्योंकि वे जानते थे कि जोश पाकिस्तान समर्थक हैं और देश का एक गद्दार, जिसके बारे में पटेल के समक्ष उनकी विपरीत छवि अर्थात देशभक्ति की छवि पेश की गयी है।

एक दिन अचानक शंकर से पटेल ने पूछा, "जोश ने पत्रिका का काम शुरू किया है कि नहीं?"

"मेरी जानकारी में अभी तो नहीं किया।"

"क्या?" पटेल की आंखें लाल हो गयी, कोई भी अफ़सरशाह पटेल के आदेश की अवहेलना कर ही नहीं सकता था, "मेहता ने मेरी अवज्ञा की, उन्हें इसी समय बर्खास्तगी का पत्र भेज दो और जोश जहां भी हों, उन्हें तुरंत बुलवाकर पत्रिका का कार्य सौंप दो।

जोश को पत्रिका का कार्य सौंप दिया गया। पर वे तो अंदर-ही-अंदर पाकिस्तान द्वारा भारत पर आक्रमण करने के सपने देखा करते थे। नेहरू से उनकी खूब पटती थी।

जब जोश मलीहाबादी ने "आजकल" के संपादक का भार संभाला, तो एक दिन वह पंडित जवाहरलाल नेहरू से मिलने गए, "नमस्ते, पंडित जी।"

"नमस्ते, कहिए कैसे हैं जोश साहब।"

"अल्लाह का करम है।"

“कभी तो पटेल का भी करम समझ लिया करो, वे तो आपके ही महक़मे के वज़ीर हैं, उनसे अब तक मुलाक़ात की या नहीं?”

“नहीं मैंने उनसे अब तक भेंट नहीं की और न ही करना चाहता।”

“क्यों?” नेहरू जी ने पूछा, “उनसे मुलाक़ात क्यों नहीं करना चाहते?”

“उनका चेहरा मुज़रिमों का-सा है।”

इस पर नेहरू जी ने बड़ा ही कहकहा लगाया और फिर जोश से कहा, “नहीं...नहीं... आपको उनसे अवश्य मिलना चाहिए। मैं फोन पर अभी आपकी मुलाक़ात तय किए देता हूं।”

नेहरू जी तुरंत फोन लगाया, “बड़े भाई नमस्कार।”

“नमस्कार,” उधर से आवाज़ आई, “कहिए पंडित जी, कैसे स्मरण किया?”

“स्मरण क्या?” जोश साहब आपसे मिलना चाहते हैं।”

“ओह! जोश साहब,” उधर से आवाज़ आई, “अभी भेज दीजिए, उनसे मिलने का इच्छुक तो मैं भी हूं।”

और फिर जोश साहब, थोड़ी ही देर में पटेल साहब की कोठी पर जा पहुंचे। पटेल धोती बांधे हुए बरामदे में खड़े हुए थे।

“स्वागत।”

“शुक्रिया,” जोश साहब ने पटेल से हाथ मिलाते हुए कहा, “सरदार साहब मुझे आपसे मिलने का ख़ास इश्तयाक़ था।”

“आपको मुझसे मिलने का क्यों इश्तयाक़ था?”

“इसलिए कि मैं आपकी बहुत-सी बुराइयां सुन चुका हूं।”

“बुराइयां?” कहकर मधुर-सी मुस्कान के साथ वह उन्हें एक कमरे में ले गए, “आपने यह सुना होगा कि मैं मुसलमानों का दुश्मन हूं। आप जितने भयंकर स्पष्टवादी हैं उतना ही मैं भी हूं। इसलिए आपसे

साफ़-साफ़ कहता हूं कि मैं आप जैसे उन तमाम मुसलमानों की बड़ी इज़्ज़त करता हूं, जिनके खानदान बाहर से आकर यहां आबाद हो गये हैं। लेकिन मैं उन मुसलमानों को क़तई पसंद नहीं करता जिनका ताल्लुक़ हिंदू कौम के शूद्रों है। उन लोगों ने मुसलमानों की हुकूमत के संपर्क में आकर इस्लाम क़बूल किया था। ये लोग दरअसल बड़े मुतास्सब, शरी और फिसादी हैं। और कम गिनती में होने के बावजूद ज़्यादा गिनती के हिंदुओं को दबाकर रखना चाहते हैं।"

"सरदार साहब, पहली बात तो यह कि दुनिया के तमाम इनसान एक ही नस्ल के हैं। मैं जात-पात का बिल्कुल भी क़ायल नहीं। दूसरी बात यह कि यदि आज से दो सौ या तीन सौ साल पहले किसी का परदादा नीच जाति का हिन्दू था, तो क्या आपका ख़्याल है कि उसके अंदर जातिगत गुण आज भी हैं? आज भी वह शूद्र ही होता चला आ रहा है।"

"संस्कार कभी बदलते नहीं, जातिप्रथा को मैं भी नहीं मानता, लेकिन नीच जाति के मैं उन्हें मानता हूं, जिन्होंने कभी मुस्लिम हुकूमत से डरकर इस्लाम स्वीकार किया और अब अपने को पाक समझते हैं। भारत में प्राचीन काल से ही गुणों के आधार पर वर्णव्यवस्था चली आ रही है।"

उनका तर्क-वितर्क चल ही रहा था कि तभी पटेल साहब के सचिव ने आकर कहा, "आपने महाराजा पटियाला को टाइम दिया था। वह आ गये हैं।"

"ठीक है।" सचिव की बात का जवाब देकर उन्होंने जोश से कहा, "बर्खुदार फिर कभी चर्चा करेंगे। अभी पटियाला महाराज से भेंट कर ली जाए। ये राजा-महाराजा भारत की अंतिम निशानियां हैं।"

पटेल महाराजा पटियाला से मिलने चले गये तो जोश कोठी से निकल अपने आवास की तरफ चल पड़े, लेकिन तभी उनकी भेंट मौलाना

आज़ाद से हो गयी। आज़ाद ने अपनी मोटर रोककर जोश को आवाज दी, “जोश साहब, आप और सरदार पटेल?”

जोश ने गर्दन झुका ली, क्योंकि मौलाना आज़ाद उनकी विचारध ाारा को जानते थे, “दोस्ती संस्कृत के देवता और उर्दू समर्थक के बीच... बात कुछ हज़म नहीं हुई?”

आज़ाद का व्यंग्य सुनकर पुलिस एक्शन में हैदराबाद में नष्ट हुई उर्दू संस्थाओं की अर्धसत्य कहानियां उसे स्मरण हो आयी।

वह सोचने लगे, “क्या हिन्दुस्तान को इसीलिए आज़ाद कराया था कि उर्दू का बेड़ागर्क़ कर दिया जाए। एक तरफ तो उर्दू पत्रिका का दिखावा और दूसरी तरफ राष्ट्रभाषा हिन्दी बना दी। हिन्दी के रहते उर्दू की उन्नति भला कैसे संभव है।” फिर उनके कान में दतिया रियासत के वज़ीरे आज़म काज़ी अज़ीजुद्दीन के स्वर गूंज पड़े, “मैंने कहा था ना, हिन्दुस्तान आज़ाद हो गया तो हिन्दू मुसलमानों का तहतेग़ कर डालेंगे।” फिर मन-ही-मन एक और विचार उठा, “पाकिस्तान बनाने वालों ने यह क्यों नहीं सोचा कि जो मुसलमान हिन्दुस्तान में रह जाएंगे उनका हश्र क्या होगा? वे एक-एक मुसलमान को पाकिस्तान क्यों नहीं ले गए।”

पटेल की भेंट जोश से पहले कभी नहीं हुई थी, उनके सामने तो जोश की देशभक्त की छवि पेश की गयी थी। उसी के आवेश में उन्हें संपादक बना दिया गया, लेकिन जैसे ही पटेल से जोश का सामना हुआ तो पटेल उसके अंतर्भावों को तभी समझ गये थे कि मैंने ग़लत आदमी का चुनाव किया है, लेकिन उन्होंने प्रत्यक्ष में कुछ नहीं कहा था। पर यह बात जोश भी भांप गये थे, पटेल से उनके वास्तविक विचार भला कब तक छिपे रहेंगे, क्योंकि पत्रिका में उन्हें कुछ-न-कुछ तो अपनी पाकिस्तान परस्ती परोसनी होगी ही और पाकिस्तान परस्ती को हिन्दुस्तानी नेता भला कैसे सहन करेंगे?

जोश काफ़ी दिनों तक पत्रिका निकालते रहे, उन्हें अच्छा खासा वेतन मिलता रहा और सरकारी सुविधाएं सो अलग। लेकिन वे पाकिस्तान से भी बराबर संपर्क बनाए हुए थे और भारत के कई गुप्त भेद पाकिस्तानी आकाओं को सौंपते रहे। अंततः भारत सरकार के कानों में इस बात की भनक लग गयी और उन्होंने गुप्त रूप से जोश के ख़िलाफ़ जांच करने के आदेश ज़ारी कर दिए, पर इसकी भनक जोश को भी लग गयी कि उसके ख़िलाफ़ जांच की जा रही है। इसलिए वे एक दिन चुपके से पाकिस्तान चले गए। उनके एक आका सिकन्दर मिर्जा तब पाकिस्तान के मुख्य मार्शल लॉ प्रशासक थे, उन्होंने जोश को लाखों रुपए पुरस्कार में देने का वादा कर रखा था। जिन्हें भारत में कभी पद्म भूषण मिला था, उसे पाकिस्तान जिसकी वह प्रत्यक्ष निंदा किया करता था, उसकी धरती पर क़दम रखने के बाद पुरस्कार में उन्हें कराची में रिक्शे चलाने के लिए लाइसेंस दिए गए, कुछ सिनेमाघरों में हिस्सेदारी मिली और लाखों रुपए पुरस्कार में मिले।

चांदी के चंद टुकड़ों के लिए देशभक्त का चोला पहनने वाला एक मुसलमान भारत के साथ गद्दारी करके पाकिस्तान चला गया। उसने सांपद्रायिक सद्भाव को ऐसी चोट पहुंचायी कि उनके इस कृत्य ने हिन्दुओं में मुसलमानों के प्रति पुराना संदेह फिर जगा दिया।

पटेल और निजामुद्दीन औलिया

पटेल गहरी निद्रा में सोए हुए थे कि तभी उनके पास उनके सचिव वी. शंकर जा पहुंचे।

"उठिए साहब! जल्दी उठिए नहीं तो गज़ब हो जाएगा।"

"क्या हुआ," आंख मलते हुए पटेल उठ गए,"आधी रात को क्यों आसमान सर पर उठा रखा है?" पटेल ने अपने सचिव से पूछा।

"कुछ लोगों ने दक्षिण दिल्ली की निजामुद्दीन औलिया की दरगाह पर कब्जा कर लिया है।"

"कौन हैं वे लोग?"

"शरणार्थी हैं पाकिस्तान से आए हैं और उन्होंने उस स्थल को अपना आवासीय परिसर बना लिया है।"

"क्या उन्हें और कोई जगह नहीं मिली।"

"नहीं... उनका कहना है कि वे लाहौर में कृष्णा मंदिर के परिसर में रहते थे और मुसलमानों ने वहां पर मंदिर को ध्वस्त कर उसे मस्जिद में बदल दिया है, इसलिए प्रतिशोध स्वरूप उन्होंने यहां दिल्ली में दरगाह को अपने कब्जे में कर लिया है।"

"यह तो अच्छी बात नहीं। पाकिस्तान में मुसलमानों ने क्या किया है, इससे हमें कुछ लेना-देना नहीं, लेकिन हम दिल्ली में किसी भी मुस्लिम धर्म स्थल पर हिन्दुओं का कब्जा नहीं होने देंगे।"

"क्योंकि बापू को ऐसा आश्वासन दिया है।"

"ओह, यह बापू भी...।"

"चलो...।" कहते हुए पटेल कंधे पर चादर रखकर वहां से तुरंत निकल पड़े और थोड़ी ही देर में निजामुद्दीन जा पहुंचे। सबसे पहले वे थाने में गये और दरोगा को फटकार मारते हुए बोले, "तुम लोग क्या करते हो?"

"क्या हुआ साहब?" थानेदार गिड़गिड़ाया।

"निजामुद्दीन औलिया की दरगार पर कुछ लोगों ने कब्जा कर लिया है।"

"कब्जा कहां किया सरकार, उन्होंने तो वहां पर शरण ली है।"

"हम कुछ नहीं जानते, उन लोगों को वहां से बाहर निकाल दो और यदि आपने ऐसा नहीं किया, और वहां कुछ गड़बड़ी हुई तो तुम सबको नौकरी से निकाल दिया जाएगा।"

"मगर सरकार?"

"अब क्या हुआ?"

"उन शरणार्थियों को कहां भेजें?"

"उन्हें बिरला मंदिर के परिसर में भेज दो। धार्मिक लोग हैं, उनके लिए दरगाह में शरण लेना उचित नहीं, मंदिर में उचित रहेगा।" फिर थोड़े सहज होकर बोले, "सुनो, शरणार्थियों को किसी भी प्रकार की दिक़्क़त नहीं होनी चाहिए। उन पर सकती नहीं बरतनी है और बड़े प्यार-से दरगाह से निकालकर उन्हें मंदिर परिसर में पहुंचा देना है।"

"जो आज्ञा सरकार।" दरोगा ने कहकर गर्दन झुका ली।

पटेल का निधन

21 नवंबर, 1950 के बाद से सरदार पटेल की तबियत गिरने लगी। वे 75 वर्ष के हो गये थे। उनकी परिचर्या में दो नर्सें रखी गयीं। एक दिन की ड्यूटी पर और दूसरी रात की। 5 दिसंबर, 1950 को सरदार को आभास हो गया था कि अब उनका अंत समय निकट है। मणिबेन उनके साथ साथ थी, तो उन्होंने उससे पूछा, "कुछ विशेष खाने को जी करता है क्या?"

"नहीं मणि, विशेष खाने को जी नहीं बल्कि कुछ विशेष गाने को जी कर रहा है।"

"गाने को जी और आपका!"

"क्यों इसमें आश्चर्य की क्या बात है?"

"आप और संगीत के उपासक कब से हो गये।"

"क्यों," पटेल ने कहा, "क्या तुम नहीं जानती कि लालकिले पर बिस्मिल्ला की शहनाई बजवाने वाले हम ही हैं।"

"वह तो जानती हूं, लेकिन इस आधी रात को गाने की इच्छा," उन्होंने पूछ लिया, "किसी गायक को बुला लिया जाए क्या?"

"मृत्यु का संगीत सुनने के लिए गायक की क्या ज़रूरत है," पटेल ने कहा, "अंतर्यात्रा व उस पथ का पथिक अपना संगीत ख़ुद ही गाता है।"

"ओह! तो गाओ ना।"

सरदार बल्लभ भाई पटेल

"तुम थोड़ा बाहर जाओ, तभी तो गाऊं, क्योंकि मैं तो बाथरूम में गाने वाला आदमी हूं।"

मणि बाहर चली गयी, और तभी पटेल ने गाना शुरू किया –

"जिंदगी का यह तमाशा चंद रोज
मारी नार तमारे हाथ
मन लागो मेरो यार फकीरी में
मंगल मंदिर खोलो दयामय..."

12 दिसंबर 1950 को डॉक्टरों की राय पर पटेल को बंबई ले जाया गया। राजेंद्र प्रसाद, नेहरू, राजगोपालाचार्य, गाडगिल, घनश्याम दास बिडला और वी.पी. मेनन ने उन्हें हवाई अड्डे पर विदाई दी। पटेल ने विमान के द्वार के निकट कुर्सी पर बैठे-बैठे सब उपस्थित जनों को हाथ जोड़कर अंतिम नमस्कार किया। बंबई के दो डॉक्टर, डा. गिल्डर और डा. नाथूभाई पटेल उनके साथ ही बंबई गए। मणिबेन तो साथ

सरदार पटेल और उनकी बेटी मणिबेन

में ही थीं। पटेल का विमान साढ़े चार घंटों में बंबई पहुंच गया। दिल्ली से बंबई की उड़ान ने उन्हें थका डाला। बंबई में उन्हें बिड़ला हाउस में रखा गया। बंबई में पटेल की हालत बिगड़ती गयी। शुक्रवार, 15 दिसंबर, 1950 को प्रातः तीन बजे उन्हें हृदयाघात हुआ। वे बेहोश हो गये। 4 घंटे बाद उन्हें कुछ होश आया। मणिबेन ने उन्हें गंगाजल में शहद मिलाकर दिया। उसी दिन प्रातः 9 बजकर 37 मिनट पर उनके प्राणपखेरू उड़ गये।

सरदार पटेल की चिता पर प्रणाम करने वाले असंख्य लोग थे। राजेंद्र प्रसाद, नेहरू, राजगोपालाचारी और दूसरे हजारों लोगों ने उन्हें सारे मतभेद भुलाकर भीगी आंखों से विदाई दी। उनमें हिन्दू राष्ट्र के समर्थक गुरु गोवलकर भी थे।

•••

प्रश्नोत्तरी

1. सरदार पटेल के माता-पिता का क्या नाम था?

(अ) झबेर भाई और लाड़बाई (ब) रामा और रानी

(स) भारत और भारती (द) मणि और बेन

2. झबेर भाई किसकी सेना में रहे थे?

(अ) हैदराबाद ही (ब) दिल्ली की

(स) अहमदाबाद की (द) रानी झांसी की

3. सरदार पटेल की पत्नी का क्या नाम था?

(अ) लाणो (ब) बसंती

(स) झबेरबा (द) रामकली

4. सरदार पटेल की बेटी का क्या नाम था?

(अ) सिरदारी (ब) मणिबेन

(स) हरप्रीत (द) धनपति

5. 1917 में सरदार पटेल ने कौन-सा चुनाव जीता था?

(अ) अहमदाबाद नगरपालिका का (ब) विधान सभा का

(स) चेयरमैन का (द) लोकसभा का

6. सरदार पटेल की गांधी जी से पहली भेंट कब हुई?

(अ) 1948 में (ब) 1917 में
(स) 1918 में (द) 1957 में

7. किस आंदोलन के दौरान सरदार पटेल राष्ट्रीय नेता बने?

(अ) बारडोली आंदोलन (ब) असहयोग आंदोलन
(स) जंग-ए-आज़ादी (द) ऑपरेशन पोलो

8. सरदार पटेल ने ऑपरेशन पोलो किस रियासत के ख़िलाफ़ चलाया था?

(अ) भोपाल के (ब) जूनागढ़ के
(स) ब्रिटेन के (द) हैदराबाद के

9. देश से किस शायर ने गद्दारी की?

(अ) जोश मलीहाबादी ने (ब) इकबाल ने
(स) जफ़र ने (द) बिस्मिल ने

10. सरदार पटेल का निधन कब हुआ?

(अ) 26 जनवरी, 1950 (ब) 15 अगस्त, 1947
(स) 15 जनवरी, 1950 (द) 15 दिसंबर, 1950

उत्तर

1. अ 2. द 3. स 4. ब 5. अ 6. ब 7. अ 8. द 9. अ 10. द